KB136332

셰익스피어 전집 23

ALL'S WELL THAT ENDS WELL

끝이 좋으면 다 좋아

신정옥 옮김

『셰익스피어전집』을 옮기고 나서

숙명처럼 혹은 원죄(原罪)처럼 나의 삶과 정서를 지배하던 먹구름은 이제 걷히고 맑은 하늘이 열리고 있다. 하지만 나의 마음은 왠지 허전하고 공허하다. 셰익스피어와의 힘겨운 싸움에 쇠잔한 때문일까.

나는 이제 셰익스피어가 그의 전 생애에 걸쳐 이룩한 장막 희곡 37편과 3편의 장편시 그리고 소네트를 우리말로 옮기는 작업에 종지부를 찍었다. 돌이켜보면 셰익스피어 문학에 어렴풋이나마 눈이 뜨이고 귀가 열린 것은 『한여름 밤의 꿈』을 번역하면서 비롯되었는데, 그때 내 마음 속 깊이 자리 잡은 셰익스피어가 나를 운명처럼 괴롭힌 지도 어언 20여 년이나 된다. 지난 오랜 세월 동안의 나의 외로운 번역작업은 문자 그대로 인고(忍苦)의 세월이었다.

"그 진실 때문에 고통의 모습을 사랑한다."고 토로한 미국의 청교도 여류시인 에밀리 디킨스의 말처럼, 위대한 인간성에의 끝없는 사랑과 아름다움에 따뜻한 시선을 던지는 셰익스피어 문학의 진실 때문에 나는 그를 우리말로 옮기는 고통을 감내해 왔는지도 모른다.

그러면서도 사실 내가 셰익스피어 작품에 매료된 가장 큰 원인은 바로 그의 언어의 천재성 때문이었다. 언어가 빚어낸 비극성과 희극성이 그를 인류 역사에

찬연히 빛나는 불멸(不滅)의 극시인으로 만들었고 신선한 탄력이 나를 사로잡았던 것이다. 어디 그뿐이랴. 시적 아름다움과 향기가 깃들여 있어서 매우 심도(深度)있는 함축성을 지닌 문체에다 음악의 미와 이미지의 미가 유기적으로 융합됨으로써 아름다움이 더욱 빛을 발하고 있는 것이다.

따라서 태반이 이중 영상적(映像的)인 그의 언어는 윤기마저 흐른다. 그의 언어는 싱싱하게 살아 숨쉰다. 영혼의 심연(深淵)으로부터 우러나오는 언어의 광채와 언어의 맥박의 울림 속에서 극적 전개를 이룩해나가는 것이 셰익스피어의 극인 것이다. 그래서 엘리자베드 시대의 영국 국민들은 셰익스피어의 극에서 시각적인 감동보다도 청각적인 짜릿한 감흥에 젖어들기를 좋아했다. 이를테면 눈으로 보는 연극보다도 귀로 듣는 연극을 좋아했고 탐닉했던 것이다.

셰익스피어의 신성(神性)에 가까운 언어의 천재성은 그의 작품을 번역하는 사람들에게 적지 않은 어려움을 안겨왔다. 나 역시 그러한 곤혹스러움에 빠져 후회가 되기도 했다. 그리하여 한 작품의 번역이 끝나고 그 다음 작품에 손을 댈 때마다 "잘못 써어진 책은 실수이나 좋은 책의 오역은 죄악이다."라는 명구가 나를 긴장시키곤 했다. 그러한 심신의 동요 속에서도 이렇게 전집을 펴낼 수 있었던 것은 순전히 주변의 가까운 선배 동료의 격려 덕분이라고 생각한다.

여하튼 셰익스피어 원작을 번역함에 있어 나는 무

분별한 직역과 지나친 의역을 피해서 될 수 있는 대로 원전에 충실하기로 방침을 세웠다. 원전과 번역의 거리를 최대한 축소시켜, 원전의 의미와 향취를 살리면서도 오늘의 감각과 취향에 맞도록 하기 위해서 애를 썼다.

따라서 "번역은 충실하면 충실할수록 더 아름답고 아름다우면 아름다울수록 덜 충실하다."라는 폴 발레리의 고백을 교훈 삼아 나의 번역도 그렇게 지향하려고 노력했다.

두말할 나위 없이 셰익스피어 작품의 훌륭한 번역가는 세 개의 얼굴을 가진 그리스의 알테미스 여신보다도 한 개가 더 많은 얼굴을 가져야 된다고 한다. 즉, 네 개의 얼굴〔四面性〕이란 비평가적 얼굴, 언어학자적 얼굴, 연출가적 얼굴, 시인적 얼굴, 다시 말해서 비판의식과 어휘의 풍부함과 무대지식과 그리고 시인적 감각을 가리킨다. 이러한 사면성이 탄탄하게 갖춰졌을 때 비로소 극시인의 본래의 사상과 이미지 그리고 영상을 충실하게 드러낼 수 있다고 하겠다.

나는 과거에 출간된 셰익스피어의 번역물들의 공통적 특성이라 할 산문 투의 대사를 지양하고 될 수 있는 대로 무대 언어로 옮기려고 노력했지만 뜻대로 되지 않아서 아쉬움이 없지 않다. 그러나 셰익스피어 작품 완역(完譯)이 한국 출판문화, 더 나아가 정신문화를 윤택하게 하는 데 한 알의 밀알이 되었으면 하는 바램을 갖고 있다. 앞으로 좋은 번역이 나오는 데 있어 나의 역서가 한 징검다리가 될 수만 있다면 기쁘겠다.

끝으로 셰익스피어 전집이 우리말로 옮겨져 나오기까지 거친 원고를 정리하고 교정하여 책으로 만드는데 많은 수고를 아끼지 않으신 도서출판 전예원 편집부원들과 따뜻한 정의(情宜)와 격려를 주신 분들에게 감사한다. 특히 건전한 번역문화를 선도하는 전예원 金鎭洪 박사의 각별한 배려와 후원에 크게 힘입었음을 밝히면서 동시에 따뜻한 감사를 드린다.

1989년 여름
신정옥

끝이 좋으면 다 좋아

〈등장인물〉

프랑스왕

플로렌스의 공작

버트람 로실리온의 젊은 백작

라후 노 귀족

패롤리스 버트람의 가신

리날도 로실리온 백작부인의 집사

라밧취 로실리온 백작부인의 어릿광대

듀메인 형제 프랑스의 귀족인 형제, 후에 플로렌스군의 대장이 된다

군인 통역을 가장한다

신사 프랑스 왕을 섬기는 점술가

시동

로실리온 백작부인 버트람의 어머니

헬레나 사망한 유명한 전의 제라드 드 나본의 딸, 백작부인의 시녀

플로렌스의 과부

다이애나 과부의 딸

마리아나 과부의 이웃이며 친구

프랑스와 플로렌스의 귀족들, 시종들, 병사들 등

〈장소〉

로실리온, 파리, 플로렌스, 마르세이유

제 1 막

분수없는 사랑의 욕심 때문에
이렇게 괴로워해야 하나. 마치 암사슴이
사자와 맺으려다가 그 사랑 때문에 목숨을 잃어야만
하는 것처럼 말야. 하지만 비록 고통스럽기는 하나 언제나
그분을 바라보며 곁에 앉아서 활처럼 굽은 눈썹, 매같이
씩씩한 눈초리, 그리고 곱슬머리를 가슴 속
화판에 그려보는 건 정말 즐거웠어.
—제1장 헬레나의 대사 중에서

제1장 로실리온. 백작부인의 저택의 한 방

로실리온의 젊은 백작 버트람, 그의 어머니인 백작부인, 헬레나, 라후경, 모두가 검은 상복을 입고 등장.

백작부인 아들을 떠나 보내게 되니, 남편의 상(喪)을 두 번 지내는 것 같다.

버트람 어머님, 소자가 어머님의 슬하를 떠나게 되니, 아버님을 잃은 슬픔이 새삼 북받칩니다. 그러나 폐하를 보필할 이 몸이라, 어명에 복종할 수밖에 없습니다.

라후 백작부인께선 폐하를 부군처럼 모셔야 되시고, 또 (버트람에게) 자넨 폐하를 부친처럼 모셔야 신하된 도리를 다하는 것이다. 폐하께선 만백성에게 인자하신 분이라 자네도 틀림없이 잘 돌봐주실 것이다. 자네같이 훌륭한 사람에겐, 설사 심덕이 없는 사람일지라도 친절함이 우러나오게 마련인데, 하물며 폐하의 성덕이 지대하시니 은총을 못 받을 리 없을 것이다.

백작부인 폐하의 병세 회복은 어떠하십니까?

라후 폐하께선 시의들을 물리치셨다고 합니다. 그들의 의술을 믿고 오랜 시일을 희망을 갖고 지내 오셨으나, 조금도 효험을 보지 못 하시어, 시일이 지나면서 회복의 희망조차 버리신 것 같습니다.

백작부인 (헬레나를 돌아보며) 이 젊은 아가씨의 돌아가신 부친께선— 오, '돌아가셨다'는 한마디가 참으로 슬프군요— 그 어른이 성실하신 만큼이나 의술이 뛰어난 분이셨습니다. 그분이 충분히 솜씨를 발휘하신다면, 인간은 죽는 일이 없게되고, 죽음의 신은 할 일이 없을 거고, 놀고만 있는 것처럼 생각될 거예요. 아, 폐하를 위해서라도 만약에 그 어른이 살아 계셨더라면 얼마나 좋았을까. 틀림없이 폐하의 병환이 치유되었을 겁니다.

라후 그분의 존함은?

백작부인 의술에서 명성이 높은 분이셨죠. 그러고도 남는 분이시고요. 존함은 제라드 드 나본이라고 합니다.

라후 그분은 다시없이 훌륭한 분이었군요. 폐하께옵서도 최근 그분을 칭송하시며 그의 사망을 몹시 애석하게 여기셨습니다. 만약 의학의 힘으로 죽음과 맞싸울 수만 있었다면 그는 영원히 살아있을 훌륭한 의술을 가지실 분이었습니다.

버트람 폐하께서 앓고 계신 병명이 무엇입니까?

라후 누(瘻)라는 병이시네.

버트람 처음 듣는 병명인데요.

라후 고약한 병이 돼서 소문낼 일이 아니지…… 이 아가씨가 제라드 드 나본씨의 규수인가요?

백작부인 그분의 외동딸이에요. 유언에 따라 제가 돌보고 있답니다. 꼭 교육의 힘으로 훌륭한 여성이 될 겁니다. 원래 타고난 심성이 좋으니까. 교육은 좋은 자질을 더욱 훌륭하게 닦아주니까요. 심덕이 없는 사람이 빼어난 능력을 가지고 있다면 옥에 티라고 애석하게 여기지요. 그 재능이 이로울 수도 있고 해로울 수도 있으니까요. 하지만 이 처녀의 능력은 때묻지 않았고 구김살 없는 성품을 타고났으니 반드시 훌륭한 부덕을 지닌 여성이 될 겁니다.

라후 부인께서 칭찬을 하시니 아가씨가 눈물을 흘리고 있군요.

백작부인 처녀가 칭찬을 소중하게 지키려면 소금물로 간하는 것이 가장 좋답니다. 돌아가신 부친을 생각하면, 저렇게 꼭 슬픔에 잠겨 얼굴빛이 생기를 잃게 되지 않겠어요…… 헬레나, 그만 울어. 울지 말라니까. 그렇게 울면 진정 슬퍼서 우는 것이 아니라 슬픈 체한다고 생각할 거다—

헬레나 슬픈 체도 하지만, 슬프기도 해요.

라후 그거야 우리가 어찌 이해가 되겠습니까? 적당한 애도는 고인에 대한 자식으로서의 도리이지만, 지나치게 서러워함은 살아있는 자에 대한 적이 되는 법이에요.

백작부인 살아있는 사람이 슬픔을 적으로 생각한다면 과도한 슬픔은 자연히 숨을 죽이고 말 거예요.

버트람 어머님, 저에게 축복을 주세요.

백작부인 아들아, 신의 축복을 받아라! 그 모습과 똑같이 행실에 있어서 부친을 닮도록 해라. 그리고 고귀한 혈통과 미덕을 잃지 않도록 각별히 조심하며 가문을 더럽히지 않도록 해라. 만인을 사랑하고, 소수의 사람만을 믿고, 누구에게도 해를 끼치지 말아야 한다. 적과 겨룰 힘을 길러야하나 함부로 써서는 아니 되며, 친구에 대해서는 네 자신의 열쇠를 채워 소중히 보존하라. 말수가 적어서 비록 손가락질을 당하더라도 많은 변설로 책망 당해서는 아니 되느니라…… 하늘이 주시려는 은총이 있고, 이 어미의 간절한 소원이 있으니 행운이 너에게 오도록 기도하겠다…… (그녀에게 키스한다) 안녕히 가세요, 라후 경. (그녀 가려고 돌아선다. 걸어가다 라후를 지나친다) 경, 이 앤 아직 궁중에 경험이 없으니까 잘 지도해 주세요.

라후 폐하께 신하로서의 충절을 다하면 반드시 총애를 받게 되겠지요.

백작부인 하느님께 영광 있으소서! 잘 가거라, 버트람. (퇴장)

버트람 어머님의 소원이 뜻대로 되시기를! (헬레나에게) 아무쪼록 당신의 주인이신 나의 어머님을 지성껏 모셔주워요.

라후 (헬레나에게) 그럼 처녀, 잘 있어요, 부친의 명예를 잘 간직해야지. (버트람과 라후 퇴장)

헬레나 (방백) 아, 그것뿐이라면 오죽이나 좋을까! 난 아버님을 생각하고 있는 것이 아니야, 이렇게 눈물을 흘리는 건 아버님 때문이 아니라, 그분을 생각해서야. 아버님이 어떻게 생기셨을까? 이젠 기억조차 희미

해. 내 눈앞에 떠오르는 건 오직 버트람님의 모습 뿐이야… 안돼, 이젠 다 틀렸어. 버트람님이 가버렸으니… 난 서리맞은 박넝쿨같은 신세가 됐어. 그분을 사모하는 건 천상의 빛나는 별을 연모하여 그와 결혼하려는 것과 같아. 그분은 별처럼 그렇게 높은 곳에 계시지 뭐야. 내가 감히 어찌 그 성좌에 오를 수가 있담. 다만 그 별에서 비쳐오는 빛을 받는 것만으로 만족할 수밖에 없지 않은가… 분수없는 사랑의 욕심 때문에 이렇게 괴로워해야 하나. 마치 암사슴이 사자와 맺으려다가 그 사랑 때문에 목숨을 잃어야만 하는 것처럼 말야. 하지만 비록 고통스럽기는 하나 언제나 그분을 바라보며 곁에 앉아서 활처럼 굽은 눈썹, 매같이 씩씩한 눈초리, 그리고 곱슬머리를 가슴 속 화판에 그려보는 건 정말 즐거웠어. 그분의 그 멋진 얼굴의 주름살 하나하나도 놓치지 않고 다 그렸잖아… 하지만 그분은 이제 가버렸어. 이제 난 추억만을 우상처럼 모시고 살수밖에 없어. 어머, 누가 오잖아?

패롤리스 등장.

(방백) 그분을 배행(陪行)할 사람이다. 그것만으로도 친근감이 든다. 하지만 저 사람은 거짓말쟁이로 호가 났었고, 아주 미욱하고, 겁쟁이라지. 그러나 이러한 뿌리깊은 악덕이 저 사람에겐 어찌나 잘 어울리는지 조금도 어색하지 않거든. 강직한 미덕이 찬바람을 받는

이때에 저 사람은 하늘이 얕다는 듯이 활개를 치고 다닌단 말야. 그러니 총명한 사람들이 도리어 용춤을 추며, 거드럭대는 바보에게 시중을 드는 형편이지.

페롤리스 안녕하세요, 왕비 전하.

헬레나 안녕하시옵니까, 폐하.

페롤리스 아니지요.

헬레나 그럼 나도 아니지.

페롤리스 처녀의 순결성을 명상하고 계셨는지요?

헬레나 그래요… 당신은 기사다운 데가 있으니까, 한가지 묻겠어요. 남자는 처녀의 적이요, 그러니 어떡하면 그 적을 막을 수가 있을까요?

페롤리스 그야 남자를 가까이 못 오게 하면 돼.

헬레나 그러나 공격해 오는 걸요. 우리 처녀들은 용감하기는 하지만, 방어에는 퍽 약해요. 용감하게 저항할 수 있는 방법을 가르쳐 주세요.

페롤리스 그런 방법은 없다구. 사내란 처녀를 습격만 했다하면 구멍을 뚫고 화약으로 폭파시킨다니까.

헬레나 우리들 가련한 처녀들을 그렇게 습격하고 폭파하는 무지막지한 남성들로부터 지켜주시옵소서! 그런데 우리 처녀들이 남성들을 보기 좋게 폭발시킬 전술은 없을까요?

페롤리스 처녀가 폭파당할 땐 남자도 바로 폭파되고 말지. 결국 남성들을 폭파시켜 무너뜨리려면, 처녀가 스스로 자기의 성문을 열어줘야 하고 성을 바쳐야 한다구요. 처녀성을 지킨다는 것은 자연이라는 왕국에선 현명한 정책이 되지 않아요. 처녀성을 잃는다는 것은 오히려 처녀성을 늘어나게 하는 것이 되니까요. 어쨌든 처녀성이 깨뜨려져야 처녀가 생겨날게 아닙니까. 당신네들이야말로 처녀를 만들어내는 처녀 제조기란 말이라구. 처녀성이란 것은 한번 잃어버리면 열 곱절이나 되는 처녀를 만들어 낼 수 있지. 그러니 처녀성을 꼭 지키다보면 아주 없애버리고 말아요. 그걸 친구로 삼기엔 너무나 쌀쌀하지, 헤어져야지!

헬레나 난 처녀로 죽는 한이 있더라도 좀더 지켜보겠어.

페롤리스 할 말이 별로 없군요— 자연법칙에 어긋나는 말을 하니, 처녀성을 주장하는 것은 자기 어머님을 비난하는 것이지. 그야말로 막심한 불효지 제 손으로 목숨을 끊는 자와 다름없다구. 처녀성을 끝까지 지키려는 건 자살행위와 마찬가지니까. 자연의 섭리를 어긴 철딱서니 없는 죄인이니, 신성한 묘지엔 묻을 것이 아니고, 신작로 바닥에나 묻어줘야지. 처녀성에— 치이즈처럼— 구더기가 생기지. 제 몸을 갉아먹고 나중엔 밥통까지도 갉아먹어서 결국 죽고 말아. 그뿐인가, 처녀는 까다롭고, 콧대가 높고, 게으르고, 자만심이 이만저만 강하지 않아. 그건 성서에서 가장 먼저 금지한 죄악이야. 그러니 일언지폐하고 처녀성은 지키지 말라구요— 지켜봤자 손해니까. 패대기쳐 버려. 그럼 십 년 안에 열 배는 되어 버린다구. 그만하면 굉장한 이문이 아닌가— 본전이 축나는 것도 아니잖아. 자, 그

따위 건 내동댕이쳐 버리세요.

헬레나 그걸 제 마음대로 잃으려고 하면 어떻게 하면 될까?

패롤리스 글쎄. 우선 그건 잘못 가는 건데, 처녀를 싫어하는 남자를 한번 좋아해 보는 거지. 자고로 처녀란 가만히 눕혀만 놓으면 광택을 잃어버리게 되고, 오래 놔두면 놔둘수록 값어치가 떨어지는 법이오. 팔릴 수 있을 때 손을 놔야 되지. 매기가 있을 때 선뜻 팔아야 하니까. 처녀성이란 늙수그레한 벼슬아치가 쓰는 유행이 지나간 모자 같은 거요. 멋지게 차렸지만 전혀 볼품이 없다구요. 지금은 케케묵어서 누구하나 거들떠 보지도 않는 브로치나 이쑤시개 같은 거야… 대추야자는 과자나 죽에는 알맞지만 당신 볼이 대추 꼴이 되면 좋지 않아. 처녀란 한번 늙어 버리면 시들어 말라빠진 프랑스의 배와 같아서 보기에도 정나미가 떨어지고 먹어봐도 감칠맛이 없어. 그야말로 말라빠진 배지. 한땐 좋았을지 몰라도, 지금은 말라 시든 배라구. 그래 도대체 당신은 그 배를 어쩌자는 거요?

헬레나 아네요. 내 처녀성은 아직도 싱싱해요… 궁정에 가면 당신 주인께서는 많은 사람들과 사귀게 되겠지. 어머니라든가, 대갓집 규수, 친구, 불사조라든가, 대장이니, 미운 적, 지도자, 여신, 군주, 고문, 배반자, 중요한 사람, 겸손한 야심가, 거만한 겸양가, 귀에 거슬리는 화음, 부조화의 감미로운 가락이니, 신앙이나 달콤한 재난 등 눈 먼 큐피드가 예쁘다고 생각하는 사람에게 명명자(命名者)가 되어 이름 부쳐주는 산더미같이 그 많은 별명을 만들어 줄 테지. 그렇게 되면 그 분은… 어떻게 되실까 그것은 모를 일이지만. 하나님 제발 그분을 돌봐주십시오! 궁중은 교양을 쌓는 곳이니까, 제발 그분이—

패롤리스 그분이라니 누구 말이오?

헬레나 행복하게 되시길 바라는 분이에요. 정말 속상해 죽겠어—

패롤리스 아니, 속상해 죽겠다니?

헬레나 아무리 빌어 봤자, 나의 애 타는 심정을 그 분에게 알려 드릴 방법이 없으니 말예요. 미천하게 태어난 나로선 팔자 또한 드세고, 궁박한 운명 때문에, 소원을 겨우 마음속에만 간직할 뿐, 겉으로 나타내 보일 수 없는 처지잖아. 아무리 그리운 분을 위해 기도해 봤자 내 마음속에만 갇혀 있으니 누가 알아주랴. 고맙다는 말 한마디도 돌아오지 않아.

시동 등장.

시동 무슈 패롤리스, 백작님께서 찾고 계십니다. (퇴장)

패롤리스 헬레나 아가씨, 잘 있어요. 당신 생각이 나면 궁중에서도 잊지 않고 있겠어요.

헬레나 무슈 패롤리스, 당신은 자비스런 별 밑에 태어났나봐요.

패롤리스 군신 마르스별, 화성 밑에지.

헬레나 어쩐지 그런 것 같아요, 군신의 별 밑에서라고.

패롤리스 어째서 군신의 별 밑이라고?

헬레나 당신은 언제나 전쟁 때문에 동분서주하니 말예요. 그래서 군신의 별 밑에서 태어난 게 틀림없어요.

패롤리스 한참 빛날 때 태어났지.

헬레나 오히려 빛을 잃었을 때가 아닐까.

패롤리스 왜 그렇게 생각하지?

헬레나 싸울 때면 항상 뒷걸음질을 치니까.

패롤리스 그야 유리할 땐 그럴 수밖에.

헬레나 겁 날 땐 나 살려라하고 도망치는 것이 안전하다는 말씀이죠. 참, 용기와 공포가 같이 멋진 날개를 돋치게 해 줬군. 잘 맞는 것 같애. 그 옷 잘 어울리네.

패롤리스 지금은 너무 바쁜 몸이라 근사한 대답을 못하지만 손색없는 궁정인이 되어 돌아오면은 궁중 풍습을 가르쳐주고 그러면 당신을 여자다운 여자가 되도록 하는데 큰 도움이 될 테지. 당신이 내 충고를 새겨듣고 이해한다면 말이지—그러나 그렇지 못하면 그 고마움도 알지 못하고 죽어버리며 이 세상을 무지 때문에 헛살고 말아. 그럼 잘 있어요, 틈이 나면 기도나 드리고 돈이 생기거든 친구 생각도 해요. 당신을 아껴주는 남편을 만나면 잘 섬겨요. 자 안녕히. (퇴장)

헬레나 인간을 구제하는 힘을 꼭 하늘에만 있다고 생각하고 있으나 실은 우리 인간자신에게도 있다는 것이 흔하다. 인간의 운명을 맡은 하늘도 우리 인간에게 그만한 자유를 주셨지. 그러니 마음먹은 대로 되지 않고 뒷걸음질치는 것은 자신이 기민하지 못하고 게으른 탓일 거야. 도대체 무슨 힘이 날 이처럼 엄청난 사랑에 빠지게 했을까? 사랑을 품어봤자 사랑을 성취한다는 건 내겐 하늘에서 별따기로다. 그렇지만 아무리 신분의 차이가 있다할지라도, 자연의 혜택은 동료처럼 맺어주고 동료같이 입맞추게 해준다. 엉뚱한 시도는 그 일의 고통스러움을 이리저리 재고 따지다가 결국은 생각조차 할 수 없게 되겠지. 실연 때문에 자기의 진가를 보이려고 애를 써 본 여자가 있었을까? 왕의 병환— 내 계획이 빗나갈지 모르겠으나, 나의 결심만은 굳고 굳은 이상 버릴 수 없는 것이다. (퇴장)

제2장 파리. 왕궁의 한 방

성대한 코오넷의 취주. 병중인 프랑스 왕이 시종들의 부축을 받으며 등장. 귀족들 및 시종들을 거느리고 있다. 왕이 옥좌에 좌정하고 있다. 그리고 서장이 왕 앞에 놓여 있다.

왕 플로렌스와 시엔나 사이에 분쟁이 터져 양측이 싸우고 있으나, 아직도 승부가 나지 않고 있으며 피비린내 나는 전투를 계속하고 있다고 들었소.

귀족1 그렇게 보고되어 있사옵니다.

왕 아니, 매우 믿을만한 일이다. 여기 과인의 친우인 오스트리아 공으로부터의 서한에도 명시되어 있다. 불원간 플로렌스 쪽으로부터 원병을 요청해 올 것이 분명하다고 하며 미리 정세를 판단하였는지라 그땐 거절하는 것이 좋을 것이라고 해 왔소.

귀족1 두터운 우정과 사리판단에 영특하심을 폐하께서 아시고 계시는 이상 그분의 의견을 십분 믿으심이 옳을 듯 합니다.

왕 그가 답장까지 동봉해 보내왔소. 그러니 플로렌스의 요청은 사신도 보내오기 전에 이미 거절당한 셈. 하나 우리 나라 젊은이들 중에서 터스커니 전투에 참가하고 싶은 사람이 있다면 어느 쪽이든 뜻대로 참전하여도 무방하오.

귀족2 그것은 실전 경험을 겪어보고 싶고, 공명심에 굶주린 자들에겐 좋은 수련장이 될 것입니다.

버트람, 라후, 패롤리스 등장.

왕 저기 오는 자가 누구요?

귀족1 로실리온의 젊은 백작 버트람이옵니다.

왕 늠름한 젊은이가 됐군. 어쩌면 저렇게 너의 부친을 꼭 닮았을까. 풍요로운 자연이 서두르지 않고 공을 들여 너를 만든 모양이군. 너의 부친의 덕성도 아울러 이어 받아 주었으면 해! 파리로 잘 왔다.

버트람 감사와 충절을 폐하께 바치겠나이다.

왕 너의 부친과 마음을 합쳐, 처음 싸움에 출전하여 솜씨를 겨루었는데 그때처럼 내 몸이 건강하다면 오죽이나 좋겠는가! 너의 부친은 전술에 능하였고 출중한 용사들의 사표로서 숭앙을 받아왔다. 그가 오랫동안 충성껏 과인을 보필해 주었다만 두 사람 다 스며드는 나이는 막을 수 없어 점점 시들어가 몸이 운신을 못하게 되었다네… 이렇게 너의 부친 얘길 하고 있으니 젊은 원기가 치솟아 오는 것만 같군… 부친이 젊었을 땐 재치가 비상했다. 요새 귀족들도 농담을 잘하는 사람들이 있으나 그 농이 지나쳐서 오히려 조소를 사게 되는 경우가 있는데 그것은 그들에게 경박함을 누를만한 품성이 없기 때문이지. 너의 부친은 훌륭한 궁신이었다. 자존심이 강했으며 신랄한 말솜씨가 있었으나 결코 남을 경멸하거나 상처주지는 않았다네. 그런 경우가 있었다면 그건 그의 동료가 무례한 짓을 하여 화나게 했을 때였을 뿐이야. 그의 명예는 상대방을 비방해야할 시각을 정확히 가르쳐 주었고, 그때서야 비로소 혀가 지시 받은 대로 움직였던 거라네. 또한 아랫사람을 윗사람처럼 소중히 대하며 신분이 낮은 사람들에게도 마치 상전을 대하듯 공손히 머리를 숙이게 되니, 모두들 그의 겸손함을 자기들의 자랑거리로 삼고 칭찬을 아끼지 않았던 것이다… 그런 인물이야말로 요즘 젊은이들은 귀감으로 삼아야 하지. 그분을 돌이켜 생각한다면 자기들이 얼마나 미숙한 퇴보자인가를 깨닫게 될 것이다만.

버트람 선친의 명성은, 무덤에서보다 폐하의 마음속에서 더욱 빛나고 있습니다. 후세에까지 길이 전해질 그 명성은 묘비명이 아니라 폐하의 말씀이 더욱 확실히 증명하나이다.

왕 아, 그 사람을 다시 한번 만날 수 있다면 얼마나 좋겠는가! 항상 입버릇처럼 이렇게 말하지 않았나— 지금도 그의 목소리가 내 귀에 안기는 것만 같다. 올바른 말을 듣고서 흘려 버리게 하지 않았으니, 꽃이 피고 열매를 맺도록 귀에 심어 주었던 것이다— "이제 소신은 그만 살았으면 합니다"— 흥마저 시답지 않게 되고 우울해지면 가끔 그렇게 말했지. "이젠 소신은 그만 살았으면 합니다. 불꽃을 일으킬 기름이 다 타버려 새것이 아니면 거들떠보지도 않고 경멸하는 젊은이들에게 타다 남은 심지처럼 취급받긴 싫습니다. 그들은 해로운 옷을 고안해 내는 덴 머리악을 쓰지만, 유행보다도 더 변덕스럽게 변해버리는 족속들이니 말입니다"… 그 사람의 소원이 늘 그랬지. 나는 그보다 뒤졌지만 마찬가지 생각이다. 이젠 납(蠟)도 꿀도 날아 들이지 못하는 몸이 되고 보니, 하루 바삐 자리를 물러앉고 다른 일군에게 물려주고 싶구나.

귀족2 폐하께서는 만승의 지존이십니다. 비록 충성심이 얄팍한 신하일지라도, 폐하께서 보위를 물러나시면 섭섭히 여길 것입니다.

왕 내가 자리를 마구 차지하고 있다는 것을 알고 있다…… 백작이여, 너의 부친의 의사였던 분이 작고한지 얼마나 되나? 아주 고명한 의사였는데.

버트람 여섯 달이 됩니다, 폐하.

왕 그 의사가 살아 있다면, 한번 진맥을 받아 보는 건데, (시종에게) 손을 빌려주게… 다른 시의들은 제나름대로의 의술을 써 보았으나 내 진을 다 빼놓고 말았다. 이젠 자연이 준 목숨과 병이 싸우도록 내버려둘 수밖엔 도리가 없지. 백작, 잘 왔다. 친자식 못지 않게 반갑도다.

버트람 황공합니다, 폐하. (트럼펫의 화려한 취주와 더불어 왕이 퇴장한다. 궁중인들, 백작도 뒤따라 퇴장)

제3장 로실리온. 백작부인 저택의 한 방

백작부인 등장. 리날도 집사, 어릿광대 라밧취가 따른다.

백작부인 자, 들어봅시다. 그 애가 어쨌다는 거요?

집사 (어릿광대를 보며) 소인이 마님의 뜻을 받들어 최선을 다해 왔음을 오늘까지의 소인의 행적을 보아 아시리라 믿습니다. 스스로 자기의 공로를 내세우는 것은 겸양지덕을 배신할 뿐 아니라, 그 깨끗한 공로를 욕되게 하는 일이 될 것입니다.

백작부인 (그 말을 이해하며) 저 불한당은 여기서 뭘 하는 거지? (어릿광대에게) 썩 물러가라. 내가 전부 곧이듣는 건 아니다만 네가 발칙한 짓을 부린다는 소문이 파다하게 들려오고 있다. 내 당장 혼찌검을 내고 싶으나 내 성질이 너그럽기 때문에 침묵을 지키고 있다. 넌 그런 못된 짓을 저지를 얼간이일 뿐 아니라, 네 천성이 그런 악행을 할만 하다.

어릿광대 마님께선 소인이 가난뱅이란 걸 아시지 않습니까.

백작부인 그야 잘 알고도 남지.

어릿광대 아닙니다요, 마님. 가난뱅이는 잘 알고 남을 좋은 일이 아니라구요. 하기야 돈 많은 사람도 불행할 수가 많다고 하지만요. 제가 마님의 적선으로 홀

아비 신세를 면할 수만 있게된다면, 이 댁의 하녀 이즈벨과 신접살림을 차려 아기자기 살아 볼까 합니다요.

백작부인 그래, 거렁뱅이가 되어 구걸하겠단 말인가?

어릿광대 이번 일만은 마님의 적선을 구걸하려 합니다요.

백작부인 무슨 적선이지?

어릿광대 이즈벨과 소인이 벌이는 일인뎁쇼… 자고로 남의 집에 봉사한다는 것이 대대로 물려받은 것도 아니구요. 자식새끼나 만들어야 천복을 바랄 수 있다죠. 자식이 복덩이라고들 하잖습니까.

백작부인 장가들겠다는 이유를 말해 보라.

어릿광대 이 몸뚱이가 요구한답니다, 마님. 이 살덩이가 자꾸 충동질하거든요. 악마에게 몰리면 꼼짝달싹 못하고 말려들게 마련이거든요.

백작부인 오, 나리께서 결혼하신다는 이유가 그뿐이란 말씀입니까?

어릿광대 아닙니다, 마님. 그 외에도 여러 가지 신성한 그러그러한 이유가 있습죠.

백작부인 그럼, 이 세상사람들에게 들려 줄 수 있는가?

어릿광대 마님, 마님이나 살과 피를 가진 모든 인간들처럼 소인도 죄 많은 인간입니다요, 그러니 회개하기 위해서 결혼하려는 겁니다요.

백작부인 자기의 악행을 후회하기보다는 결혼한 것을 먼저 후회하게 될 거다.

어릿광대 마님, 저는 친구가 없다구요. 마누랄 위해서 친구를 가져야겠어요.

백작부인 그런 친구는 적 되는 거라구, 이 멍청이야.

어릿광대 마님, 훌륭한 친구라는 걸 잘 모르시는 말씀이군요. 제가 피로하게되면, 놈들이 와서는 제일을 대신 해 주지요… 또 소 말 대신 논밭을 갈아주기도 하구요. 그래도 수확은 몽땅 제가 차지한다니까요. 여편네가 그놈과 서방질을 하면, 그 놈은 정말 제 일꾼이 되는 거죠. 여편네를 즐겁게 해주니 바로 저의 살과 피를 아껴주는 셈이 되지 뭡니까. 제 살과 피를 아껴주는 자는, 바로 저의 살과 피를 사랑해 주는 거지. 저의 살과 피를 사랑하는 사람은 저의 친구인 거죠. 그러니까 여편네와 키스하는 자는 바로 제 친구란 말입니다… 남자란 다 그렇거니 하고 생각한다면 결혼을 겁낼 건 하나도 없죠. 고기 잘 먹는 젊은 청교도도, 생선 잘 먹는 늙은 천주교도도 신앙이야 다르겠지만, 머리는 한가지란 말입니다— 서방질 당한 남편 꼴로 사슴떼 속의 사슴들처럼 뿔이 나 있다는 거죠.

백작부인 참 입도 걸구나, 언제까지 그렇게 험담을 뱉을 건가?

어릿광대 저야 예언자입죠, 마님. 가장 지름길로 진리를 딱 부러지게 말씀드린답니다—

그 노래나 다시 불러보세.
사람들이 진리라고 믿는 그 노래를
결혼이란 운명 소치니
샛서방 두는 것도 팔자소관이네.

백작부인 물러가라. 나중에 다시 얘기하자.

집사 마님, 이 자를 보내서 헬렌을 불러오면 어떻겠습니까? 그 여자에 관해서 말씀 드릴 것이 있습니다.

백작부인 이봐라, 내 시녀에게 내가 할 말이 있다고 전해라— 헬렌 말이다.

어릿광대 (노래를 부른다)

헬렌의 아름다운 얼굴이
트로이를 파멸시킨 원인이었나?
어리석은 짓, 바보 같은 짓이네
이것이 프라이암 왕의 즐거움이었던가?
왕비는 한숨만 지으며
왕비는 한숨만 지으며
이런 말을 했다네—
나쁜 아이 아홉 명 사이에 착한 아이 하나가 있다면
나쁜 아이 아홉 명 사이에 착한 아이 하나가 있다면
열 명중에 하나는 착한 셈이네.

백작부인 뭐야, 열 명중에 하나만 착하다고? 넌 노랠 엉망으로 부르는구나.

어릿광대 마님, 계집아이가 열 명중에 하나만 착하다면 그건 노래를 어여쁘게 고쳐 부른 셈이 됐습죠. 하느님이 한해동안 이 세상을 그렇게만 해 주신다면! 저는 덩실덩실 춤을 추겠습니다요. 열 명중에 하나는 좋다는 것 아닙니까! 제가 신부라 해도, 가시네 열 명중에 하나는 착하다고 말할 겁니다. 혜성이 하나 빛날 때마다, 지진이 대지를 흔들 때마다 착한 가시네가 하나씩 태어난다면 제비뽑기에 끗발 잡기도 수월할 거예요— 그러나 남자가 그 끗발을 잡으려면 어지간히 심장을 저미는 고통을 받아야 될 겁입니다.

백작부인 이 고얀 놈, 어서 가거라, 내가 말한 대로 하라구!

어릿광대 제기랄, 사내대장부가 여자의 말에 따라야 하다니, 하기야 별일은 없지! 충직하다고 청교도라는 건 아니니까, 하기야 별일은 없으니까. 그 오만한 검은 가운 위에는 겸손의 흰 법의를 걸쳐주면 되는 거라구. 자, 갑니다요…… (백작부인이 발을 옮긴다) 헬레나를 이리 오라면 되는 거지. (퇴장)

백작부인 (집사에게) 자, 말해 보라.

집사 마님께서 그 시녀를 유달리 사랑하고 계신 줄은 잘 알고 있습니다요.

백작부인 정말 그래, 그 애 아버지의 유언으로 내가 맡게 된 거다. 다른 이점을 제쳐놓고라도, 그 애 자신만으로도 사랑을 받을 만한 충분한 이유가 있다구. 나로선 그 애에게 갚아 준 것보다 오히려 몇 갑절 더 많이 빚을 지고 있지. 그래서 그 애 요구보다 더 많이 치러줄 생각이야.

집사 마님, 실은 요 얼마 전에 소인이 그 처녀야 원하지 않았겠지만, 그 여자 곁에 오래 있었던 일이 있었습니다. 한데 그녀가 혼자서 뭔가 열심히 중얼대고 있지 않겠습니까. 누가 엿듣고 있으리라고는 꿈에도 생각하지 않고 말입니다. 내용인즉, 이 댁의 아드님을 사랑하고 있다는 것입니다. 이렇게 중얼대더군요. 우리 두 사람의 신분을 이토록 차이지게 해놓은 운명은 여신이 아니야, 지체가 동등한 사람에게만 그 위력을 발휘하는 큐피드 역시 신일 수 없어, 부하가 불의의 습격을 받고 곤경에 빠져 있는데도 구조하려 들지도 않고, 몸값을 치르려 하지도 않는 다이애나도 처녀들의 여왕이 될 순 없어… 이렇게 가슴속으로 슬프게 말하지 뭡니까. 처녀가 그렇게 애잔하게 한탄하는 건, 생전 처음 들었습니다. 그래서 마님께 즉시 알리는 것이 의무라고 생각되어서, 서둘러 말씀 드리는 겁니다. 마님께서 모르고 있는 사이에 무슨 병고라도 일어날지 누가 압니까. 마님께서 알아두시는 게 좋을 듯 합니다.

백작부인 솔직하게 말해 주었다. 절대로 남에겐 입벙긋도 하지 말고 혼자 알고있게. 눈치는 벌써 채고 있었지만, 확실한 꼬투리를 잡지 못해서 여태까지 반신반의하여 왔다… 그럼 물러가도 좋다. 이 일은 너의 가슴속에만 간직해 두라. 이렇게 정직하게 말해 주어

서 고맙다. 다음에 다시 얘기하자. (집사 퇴장)

헬레나 다른 쪽으로 등장하여 백작부인의 말씀을 기다리고 있다.

(방백) 나도 젊었을 땐 역시 그랬다… 우리가 자연의 소생인지라 어쩔 도리가 없지. 이 사랑의 가시는 청춘이란 장미꽃엔 으레 붙어 있게 마련인걸. 우리 몸이 피를 타고나듯이 그 피는 사랑을 타고나는 법이야. 뜨거운 사랑의 불길이 젊은 가슴에 불붙는 건 자연의 진리가 보이는 표시요, 증명이지. 지나간 날을 더듬어 보면 그런 과오는 우리에게도 있었다. 그 때는 잘못이라곤 생각지도 않았다. (그녀 가까이 오라고 헬레나에게 손짓한다) 저 애 눈빛을 보니 분명히 사랑 때문에 고민하고 있다— 이제야 알겠다.

헬레나 부르셨습니까, 마님?

백작부인 헬레나, 난 네 어머니지.

헬레나 아녜요, 제 주인 마님이세요.

백작부인 아니다, 어머니야. 왜 어머니가 아니란 말이냐? 내가 어머니란 말을 하니, 넌 마치 뱀이나 보는 것처럼 표정을 짓는구나. 어머니란 말에 어째서 그리 소스라치게 놀라느냐? 그래, 난 네 어머니야. 내가 난 자식과 꼭 같이 너도 그 명단에 있단다. 양자가 친자식처럼 똑같이 되고, 다른 씨앗에서 선택해 온 씨앗이 자라서 본래의 씨앗에서 자란 이삭처럼 잘 자라는 것을 넌 종종 보지 않았느냐. 난 너 때문에 산고는 겪지 않았으나, 어미로서의 정성은 다하고 있다— 아니, 얘야 왜그러니! 내가 네 어머니라니까. 피라도 얼어붙는단 말이냐! 왜그러지, 당장 소낙비라도 퍼붓듯이 일곱가지 빛깔의 무지개가 네 눈가를 둘러싸고 있구나. 도대체 왜그러지? 내 딸이라고 말하는데?

헬레나 그렇지 않습니다.

백작부인 글쎄, 난 너의 어머니란다.

헬레나 마님, 용서하세요. 로실리온 백작이 제 오빠가 될 순 없답니다. 전 미천한 태생이고, 그분은 명문의 자손이십니다. 제 양친은 이름도 없습니다만 그분은 지체가 높으신 분이에요. 그분은 저의 주인님이시고, 귀하신 영주시랍니다. 전 평생 그분의 종으로서 살고, 종으로 죽을 작심입니다. 그런데 그분이 어찌 제 오빠가 될 수 있겠어요.

백작부인 그렇다면 나는 네 어머니가 될 수 없단 말이냐?

헬레나 마님은 제 어머님이세요. 마님은 정말 어머님이세요—당신의 아드님이신 도련님께서 제 오빠만 되지 않는다면 말입니다— 사실이지 얼마나 기쁘겠습니까. 마님께서 저희들 둘에게 어머님이 되시더라도 제가 그분의 누이동생만 되지 않는다면 정말 하늘로 올라간 듯 기쁜 것입니다. 그런데 제가 마님 딸이 된다면 그분이 제 오빠가 될 수밖에 없잖아요?

백작부인 아니다, 헬레나, 네가 내 며느리가 될 수 있느니라— 애야, 그렇게 되고 싶은 거지? 모녀란 말만 나오면 네가 가슴을 두근거리니 말이다! 그래, 얼굴이 다시 파래졌구나! 걱정한대로구나, 네가 사랑을 하고 있으니 말이다! 이젠 네가 왜 그렇게 쓸쓸해했는지 그 까닭을 알만 하다. 눈물을 곧잘 흘리는 원인도 알았고. 이젠 누가 봐도 분명하다… 네가 내 아들을 사모하고 있다는 것 말이다! 시치미를 떼도 소용없느니라. 얼굴에 나타나 있는걸. 아니라고 잡아떼 봤자 소용이 없다. 그러니 속내를 털어놔라— 정말 그렇다구 말해다오— 저것 봐라, 네 뺨이 서로 실토하고 있구나, 너의 눈도 네 태도에 나타나고 있음을 고지 곧 대로 보여 주고 있지 않니— 네 혀를 묶고 있는 건 오직 죄의식과 그 못 쓸 고집 때문이다. 그래서 진실조차도 의심을 받게 되지 뭐냐. 어서 말해 봐라, 그렇다고! 만약 사실이 그렇다면 얽힌 실타래처럼 퍽 어려워졌느니라. 그렇지 않거든 그렇지 않다고 맹세해다오. 어쨌든 난 솔직한 말을 듣고 싶다. 하늘에 맹세코 너를 위하여 애써 줄까 한다.

헬레나 (무릎을 꿇고) 마님, 용서해 주세요!

백작부인 내 아들을 사랑하느냐?

헬레나 제발 용서해주세요, 마님!

백작부인 내 아들을 사랑하지?

헬레나 마님, 마님은 사랑하지 않으세요?

백작부인 딴청 부리지 마라. 내 아들을 내가 사랑하는 건 세상이 인정하는 당연한 도리가 아니겠느냐. 자, 자, 네 속마음을 털어놔라. 네 사랑이 얼굴에 나타나 있으니 말이다.

헬레나 그럼 이렇게 높으신 하늘과 마님 앞에 무릎을 꿇고 먼저 마님께 그 다음엔 하늘에 고백하겠어요. 전 도련님을 사랑해요… 저의 일가는 비록 가난은 하지만 정직합니다. 제 사랑도 그렇습니다. 노여워 마세요. 제가 도련님을 사랑한다고 해서 그분께 조금도 해를 끼칠 일은 없어요. 주제 없는 짓으로 추근덕거리지도 않겠어요. 이 몸이 그분에게 알맞게 자질있는 사람이 될 때까지는 그분을 넘보지 않겠어요. 어떻게 하면 그런 자질을 갖추게 될지 모르겠습니다만요… 사모해봤자 헛된 일이고, 가망이 없다는 걸 저도 압니다. 그래도 전 부어도 부어도 한 방울도 남지 않고 새어버리는 체에다 그칠 줄 모르는 사랑의 물을 끊임없이 부어넣고 있답니다. 전 인도인처럼 그릇된 신앙에서 태양을 경배합니다만, 태양은 경배자를 바라다만 보지, 조금도 알아주지 않는답니다…… 마님, 마님께서 사랑하시는 분을 사랑한다고 절 미워하지 마세요. 연로하신 마님의 그 훌륭한 부덕으로 미루어보아, 마님이 젊은 시절에도 정숙한 분이었음이 짐작이 가고도 남습니다만, 만약 처녀의 신 다이애나와 사랑의 신 비너스를 하나로 뭉친 것 같은 맑고 불꽃처럼 뜨거운 사랑의 경험이 있으셨다면, 오! 이루지 못 할 사랑인 줄 뻔히 알면서도, 사랑하지 않을 수 없는 이 불쌍한 것을 가엽게 여겨 주세요. 찾을 것을 애써 찾을 수도 없고, 남몰래 사랑을 가슴속에 간직한 채, 신음하며 살다가 죽어갈 것이니 말이에요.

백작부인 숨기지 말고 말해 봐라, 요즘 넌 파리에 갈 생각을 하고 있다며?

헬레나 네, 그랬어요.

백작부인 무슨 일이지? 정직하게 말해봐라.

헬레나 사실대로 말씀드리겠어요. 하나님께 맹세해요… 마님도 아시듯 저의 아버님은 신통한 효험이 있는 비방을 저에게 남겨 주시고 세상을 뜨셨답니다. 그 비방은 아버님이 독서와 실험을 통해서, 어떠한 병에도 효험이 있는 처방을 모으신 겁입니다. 아버님께서는 유언으로 아직껏 세상에 알려지지 않은 비상한 효험이 있는 비방이니 소중히 간직하라고 하셨답니다. 그 비방 중에는 절망적이라고 포기하여온 폐하의 난치병을 고칠 수 있는 치료법이 적혀 있었습니다.

백작부인 그것뿐인 이유로 파리로 가겠다는 거였어? 그랬냐구?

헬레나 그것도 도련님 때문이랍니다. 그렇지 않다면 파리고, 약이고, 왕이고 제 마음속에 생각나지도 않았을 것입니다.

백작부인 그러나 잘 생각해 보아라, 헬렌. 네가 고쳐 드리겠다고 나선다면, 폐하께서 선뜻 허락하시겠니? 폐하께서나, 시의들이나, 모두 한마음이란다— 폐하도 도저히 치유할 수도 없다하시며 시의들도 고치기를 단

념한 이 마당에 가련하고 배운바 없는 널 믿으실 거냐? 온 의술의 학파들이 힘을 다 기우려도 위험에서 구제할 수 없다고 한 병인데 말이다.

헬레나 아니에요. 세상에서 가장 고명하시다고 손꼽힌 제 부친의 의술 이상의 힘이 이 비방에는 있어요. 그 비방은 하늘에 반짝이는 행복한 별의 빛을 받아 저에게는 신성한 유산이 될 것입니다. 마님께서 그 효험을 시험해 보도록 가도 좋다고 허락해 주신다면, 제 아깝지 않은 저의 목숨을 바쳐서 폐하의 치료에 헌신하겠습니다.

백작부인 고쳐드릴 자신이 있느냐?

헬레나 있구 말구요, 마님.

백작부인 그럼, 헬레나, 내 기꺼이 허락하니 가 보아라. 노자도, 같이 따라갈 사람도 마련해 주마. 왕궁에 가거든 나의 친지들에게 안부를 전해 다오. 나는 여기 머물러 있으며, 네 일이 잘 되도록 하느님께 기도 드리고 있을 것이다. 내일 아침에 떠나거라. 내 힘이 자라는 데까지 도와줄 것이니 그걸 잊지 마라. (두 사람 퇴장)

제 2 막

아무리 미천한 지위라도 덕을 가지고
있으면 그 덕행으로 지위는 높아지게 마련이니라.
아무리 부풀어진 자리라 해도 오만불손하고 덕이 없으면
그건 병들어 부어오른 명예에 지나지 않는 법. 선이란
지위가 없어도 선이며, 악 또한 마찬가지니라. 이
들은 원래 본성대로 나타나는 법이며 지위에
의해 나타나는 것은 아니다….
-3장 왕의 대사 중에서

제1장 파리. 왕궁의 한 방

긴 의자와 벽장의 뒷켠에서 코오넷의 화려한 취주. 프랑스 왕이 플로렌스 전투에 출진하기 위하여 작별인사를 하러 온 몇몇 젊은 귀족들을 대동하고 의자에 기댄 채 등장. 그 중에 버트람과 페롤리스도 있다.

왕 (한쪽의 귀족들에게) 젊은 경들, 그럼 잘 들 갔다 오오! 바로 이야기한 병법과 같은 원칙은 잊지 않도록 하고— (다른 쪽의 귀족들에게) 경들 잘 다녀오오! 그 충고를 마음에 새기도록 하고. 그리고 양쪽의 경들이 다 받아들여 준다면, 훨씬 넓게 적용이 되고 효용도 넓어지고, 쌍방이 다 득을 보게 될 거네.

귀족 1 훌륭한 무훈을 세우고 돌아와 폐하의 건강하신 옥체를 뵙는 것이 소망이나이다.

왕 아니오, 그렇게 안될 것 같군. 그러나 나의 마음이야 생명이 공박 당한다고는 생각지 않는다만… 아무튼 잘들 다녀오오, 젊은 경들! 내가 살아 있거나 명부에 가 있거나, 경들은 훌륭한 프랑스인의 아들들임에 부끄럽지 않은 무공을 세워주기 바라오. 고지대의 이탈리아 패거리들에게— 즉 로마제국의 타락을 이어받아 온 무기력한 민족들에게— 경들이 온 것은 명예를 달라고 사정하는 것이 아니라, 바로 명예를 차지하러 왔다는 사실을 보여 주어야 하오. 용맹한 자도 발걸음을 멈추는 경우가 있으니까. 경들이 목표로 갖는 혁혁한 공을 세워 꼭 명성을 차지해야 하오… 자, 잘들 다녀오시오.

귀족 2 폐하의 건강이 회복되소서!

왕 이탈리아 처녀들을 각별히 조심토록 하오. 프랑스 사람들은 처녀들이 요구하는 일엔 거절의 말도 모르고, 오금을 못 피운다고들 한다니. 싸우기도 전에 포로가 되지 않도록 경계하도록.

귀족1, 2 하교하신 말씀 명심하겠습니다.

왕 잘 들 다녀오오. (시종들에게) 이리 가까이 오너라. (왕 부축을 받으며 침대의자에 기댄 채 들려 나아간다. 그런데 그 이전에 커튼이 열려 있다)

귀족1 (버트람에게) 오, 백작, 백작은 여기 남아있게 됐어요!

패롤리스 그건 불꽃같은 젊은 백작의 탓은 아니라구요.

귀족2 오, 정말 굉장한 전쟁이야!

패롤리스 (몸을 떨며) 그럴 테죠! 나도 그런데 가 보았으니까요.

버트람 내가 처지게 된 것은 어명 때문이지, "너무 젊어" "명년에나" "너무 일러" 하고 귀찮도록 말씀을 하시니.

패롤리스 꼭 출전하고 싶다면 용감하게 빠져나가라구.

버트람 여기에 머물러 있으면 매끄러운 궁전 바닥에 구둣소리나 삐꺽거리며, 여자들의 심부름이나 하는 것이 고작일 거다. 그렇게 어영부영 지내는 가운데 명예는 사라져 버리고 남는 것이라곤, 무도용 장식검을 차는 길밖엔 없을 것이지! 하늘이 두 조각이 나도 몰래 빠져나가고 말 테다.

귀족1 몰래 그렇게 해도 명예스런 일이외다.

페롤리스 해버리는 거지, 백작.

귀족2 나도, 당신의 공범으로 응원하리다. 그럼 안녕히.

버트람 같이 지내온 당신들과 헤어지는 건 가슴이 찢어지는 것 같이 아파.

귀족1 (페롤리스에게) 대장, 그럼 안녕히.

귀족2 잘 있어, 무슈 페롤리스!

페롤리스 영웅나리들, 나의 검과 여러분의 검은 동류입니다. 불꽃처럼 빛나고 반짝이는 쇠붙이 용사 여러분, 한 말씀 드리오니 스파이니아이족의 연대에 대장 스퓨리오란 자가 있을 거요. 그 자 왼쪽 뺨, 바로 여기에 무훈의 표적인 검자국이 있답니다. 그 상처는 이 검이 낸 것이지요. 그 자를 만나거든, 내가 살아 있다고 전하고 뭐라고 대답하는지 들어봐 주십시오.

귀족 1 그렇게 하리다, 대장.

페롤리스 군신 마르스가 당신네들 신참자를 어여삐 여겨 주시기를! (귀족들 퇴장, 버트람에게) 백작은 어떻게 할건가?

이때 커튼이 한쪽으로 열리며 의자에 기대어 있는 왕이 보인다. 시종들이 왕을 부축하여 앞으로 나온다.

버트람 (손가락으로 입술을 가리며) 조용하라, 폐하가 납신다!

패롤리스 (급히 버트람을 재촉하여 자리를 떠난다) 안 됩니다요, 저 귀족들에겐 좀더 깍듯이 인사를 드려야 해. 그저 안녕하는 정도의 작별인사야 너무도 쌀쌀하지 않아. 좀더 친근히 대해 줘야 하지. 그분들이야 시대의 첨단을 가는 사람들이지. 별같이 빛나는 유행의 물결 속에서 걸음걸이, 먹는 법, 말씨, 동작 무엇이나 밝디 밝아. 비록 악마가 춤의 장단을 친다해도 그 춤에 끼워야 하지. 어서 뒤쫓아가서 법도에 맞는 작별인사를 해요.

버트람 그럼, 그렇게 하지.

패롤리스 출중한 분들이에요, 앞으로 쟁쟁한 검객이 될 분들이구요. (버트람과 패롤리스 퇴장)

그 사이에 시종들이 의자를 정리해 놓는다. 라후 등장.

라후 (왕 앞에 부복하여) 폐하, 황공하오나 한 말씀 아뢰고자 합니다.

왕 상이라도 줄 것이니 일어서는 게 좋겠소.

라후 (일어선다) 일어설 만한 사유가 있으니 일어섭니다. 폐하께서 신 앞에 무릎을 꿇고 청원을 하시고,

신의 명령에 따라 벌떡 일어서신다면 얼마나 좋겠습니까.

왕 내가 그렇게 될 수만 있다면 오죽이나 좋겠는가. 그렇게만 된다면 경의 머리통을 깨주고 나서 경에게 자비를 구할 것인데.

라후 빗나갔습니다! 폐하, 다름이 아니오라— 병환을 치유하실 뜻이 계십니까?

왕 없다.

라후 맙소사, 포도는 잡숫지 않으시겠다 이 말씀이시군요, 폐하 여우님? 신이 진상하는 훌륭한 포도입니다, 폐하 여우님의 손이 닿으면 잡수시게 되고 말구요. 돌에도 생명을 불어넣고, 바위도 살려내고, 폐하께서도 즐겁고 활발하게 캐너리 춤을 추시게 할 수 있는 명의를 신이 발견했답니다. 그 사람의 손이 닿기만 해도 페팽 왕이라도 소생시키고, 아니 샤를마뉴 대제도 펜을 들고 그녀에 대한 연가를 쓸 겁니다.

왕 그녀라니 무슨 말인가?

라후 글쎄 말입니다, 여의사죠. 벌써 여기와 있으니까요. 만나 보시겠는지요? 신의 믿음과 명예를 걸고 농담조로 말씀드렸습니다만 실은 진정으로 신의 생각을 말씀드리는 바이오니, 솔직히 말씀드린다면 여성답고, 꽃다운 나이에다가 구변이 좋고, 지혜가 뛰어나고, 지조가 굳고 해서, 신이 망령이 나서 이런 말씀 올리는 것은 아니라, 어느 모로 보거나 흠잡을 데가 없이 경탄할 만 하였습니다. 배알을 원하고 있사오니, 만나 보아주시지요. 그 말하는 바를 들어보시고요? 그리고 나서 신을 웃음거리로 하여도 좋습니다.

왕 그럼. 라후 경, 그 놀라운 인물을 데리고 와 보시오. 과인이 경과 같이 경탄하든지, 아니면 경이 경탄한데 대하여 내가 경탄하여 경의 경탄을 덜어 줄 생각이오.

라후 그렇게 하시지요. 하루도 걸리지 않을 거니까요. (급히 퇴장)

왕 저 사람은 언제나 보잘것없는 것을 침소봉대한단 말야.

라후 다시 등장. 헬레나가 들어오게 문을 열고 있다.

라후 자, 들어와요.

헬레나가 수줍은 모습으로 등장.

왕 날개가 돋쳤군, 빠르기도 하다.

라후 아냐, 이쪽으로 와요! 저분이 폐하시오. 마음속의 것을 아뢰봐요. 당신은 반역자 같은 얼굴을 하고 있군. 하지만 폐하께서는 반역자 따위를 두려워하시지도 않아요. 난 크레시더의 숙부처럼 두 분을 대면시켜 드리고 물러갑니다. 그럼 이만. (퇴장)

왕 자, 아름다운 처녀, 너의 용무는 과인에 관한 것이오?

헬레나 네 그렇습니다, 폐하. 소녀의 부친은 제라드드 나본이라 하옵고, 의학계에서 이름이 알려진 분이었습니다.

왕 그 사람이면 잘 안다.

헬레나 알고 계시다면 충분하오니— 부친에 관한 얘기는 삼가겠습니다… 임종시에 부친께선 소녀에게 여러 가지 처방을 주셨습니다. 그 중에서도 특히 실제의 치료에서 가장 소중한 자손이며, 오랜 경험에서 얻은 유일한 연인이기도 한 하나의 비방을 일러주시면서 제3의 눈으로 알고, 소녀의 두 눈보다 더 소중하게 간직하라고 하셨습니다. 소녀는 아버님의 분부대로 소중히 간직해 왔습니다. 폐하께옵서 악성 병환으로 편치 않으시다 듣자옵고 폐하의 병환은 부친이 남긴 비방으로써 고쳐 드릴 수 있을 것 같사와 황공하옵게도 이렇게 배알을 하였습니다.

왕 아가씨, 어쨌든 고맙소, 그러나 그렇게 쉽게 고쳐진다고는 믿을 수 없군. 석학의 시의들도 손을 놓았고, 의학계의 명사들이 모여 도저히 인간의 기술을 갖고 자연을 그 절망상태에서 구제할 수가 없다고 결론을 내린 마당인데, 너의 요법을 어찌 믿을 수 있겠으며 그러니 과인의 판단을 욕되게 할 수는 없는 일이며, 희망을 배신하는 짓은 할 수 없으며 치료법이 없음을 뻔히 알면서, 소용도 없는 도움을 바람으로써 왕인 내가 왕의 위신을 손상시킬 수는 없는 일이요.

헬레나 그러시다면 소녀의 헛된 노력도 폐하께 대한 충절이라고 생각하오며 이 이상 더 권유함을 삼가겠습니다. 하지만 소녀의 진언을 불손한 짓이라고 괘념치 말아주시기 바라며 물러가나이다.

왕 그 정도의 소청이라면 고마운 마음으로 들어줄 수 있다… 나를 치료해 주겠다는 성의를 고맙게 여기며 죽음에 처하여 있는 사람을 오래 살도록 기원해 주는 분들에게 하는 감사야 하고도 남으리라. 난 내 병이 위중함을 잘 알고 있다. 그러나 너는 조금도 그걸 모를 뿐 아니라, 내가 위독한 줄 알고 있으나, 너는 치료할 의술에는 까막눈이잖느냐.

헬레나 치유는 완전히 못한다고 체념하고 계시는 이상 소녀가 무엇을 할 수 있는지 시험삼아 치료를 시켜보심도 해 될 일은 아니라고 생각하나이다. 가장 위대한 일을 완성하시는 신께서도 때때로 가장 보잘것없는 것을 사용하시는 경우가 있다고 합니다. 그런즉 성경말씀에도 판사들이 어린이였을 때, 어린애이면서 훌륭한 판단력을 보였다고 하지 않습니까. 대홍수도 하찮은 샘에서 일어났으며, 위인들은 기적을 부정하였지만, 그래도 큰 바다의 물이 말랐다고 하지 않습니까. 예측이 어긋나는 일이 자주 있습니다. 대개 기대할 만한 일이 실패로 돌아가는 일이 많으며, 가장 희망이 없다고 절망했던 일이 뜻밖에도 성공하는 수가 있게 마련입니다.

왕 더 이상 듣기 싫다, 그만 물러가도록 하라, 친절한 처녀. 그대의 모처럼의 수고가 보람없게 됐군. 그대의 소청을 받아주진 못했으니 수고의 값은 스스로 갚고, 나는 감사의 말만을 해 주리다.

헬레나 (한숨지으며 혼자말로) 신께서 불어넣어 주신 소중한 영감도 인간의 입김에 허무하게 무너지고 만다. 전지전능하신 조물주께선 우리 인간처럼 외모만 가지고 판단하지 않으신다. 하늘의 도우심을 인간의 힘으로 된 것처럼 생각하는 것이 가장 큰 잘못이다. 폐하, 소녀에게 허락을 내려 주소서. 소녀의 힘을 아니, 하늘의 힘을 시험해 보소서. 소녀는 제 힘에 겨운 것을 할 수 있다고 큰소리치는 허풍쟁이는 아닙니다. 소녀는 틀림없이 고쳐 드릴 수 있습니다. 폐하의 병환은 결코 불치의 병환은 아니라고 알고 있으며 그렇게 믿고 있습니다.

왕 그렇게도 자신이 있는가? 며칠이면 고칠 수 있겠는가?

헬레나 인자하신 신께서 은총을 베풀어주신다면 태양의 신 아폴로를 태운 마차가 불타는 창공을 두 바퀴 달리기 전에 습기를 띤 금성이 어두운 서쪽 안개 속에, 그 잠자는 듯한 등불을 두 번 끄기 전에, 그리고 항해사의 모래시계가 스물 네 번 소리 없이 발걸음을 옮기는 시각을 가리키기 전에, 쇠약하심은 옥체로부터 뿌리 뽑아지고, 건강이 회복되시며, 병환은 사라지고 말 것입니다.

왕 만약에 그대의 확고부동한 자신이 빗나가면 어떻게 할 것인가?

헬레나 건방진 여자, 뻔뻔한 매춘부, 염치없는 망신꾼으로서 추잡한 노래로 불려져 비방을 받아도 마땅합니다. 또는 처녀인 이 몸에 어떠한 오명이 씌워져도 좋으며 아니— 그 외에도— 혹독한 고문으로 이 목숨을 잃는다 해도 좋습니다.

왕 너의 몸 속에 어떤 축복된 영혼이 들어와서 그 연약한 악기에서 우렁찬 소리가 나오는 것 같구나. 그러나 상식으로는 있을 수 없는 일이다만, 한편으로는 생각해보면 있을 수도 있다고 믿어지기도 한다… 생명은 소중한 것, 젊음, 아름다움, 지혜, 용기, 거기다가 인생의 행복을 누리는 젊은이가 행복이라고 일컫는 모든 것을 지니고 있는데, 이 모든 것을 걸고 위험한 일을 당해보겠다고 나서니 말이다. 너는 필경 의술이 훌륭하거나 엄청나게 크다고 할만 할 것이니 아름다운 의사여, 너의 치료를 받아 보리다. 하나 만약에 내가 죽게 되면 너도 목숨을 잃게 될 것이다.

헬레나 만약에 약속한 시간을 어긴다거나, 말씀드린대로 치료가 되지 않을 경우엔 가차없이 사형에 처해주십시오. 열 번 죽어 마땅하나이다. 효험이 없을 땐 죽음을 달게 받겠습니다마는 치유가 되신다면 어떤 상을 주시겠습니까?

왕 소원을 말해 보라.

헬레나 참으로 들어주시겠습니까?

왕 아무렴, 이 왕홀과 천국의 희망을 걸고 하는 말이다.

헬레나 그럼 소녀가 원하는 분을 폐하께옵서 배필로 정해 주시기 바랍니다. 폐하께서는 하실 수 있는 일이나이다. 그렇다고 프랑스 왕실 분 가운데서 뽑아, 이 천한 신분인 자가 지위를 높여, 영화를 누려보겠다는 외람된 야심은 추호도 없습니다. 소녀가 부탁드릴 만도 하옵고, 폐하께서 허락해 주실 만도 한 폐하의 신하 중에서 한 분을 택하겠습니다.

왕 그럼 이 손을 잡아라— 약속하지. 조건대로만 되면 너의 소원을 이루어 주겠다. 난 너의 치료를 받기로 결심한 몸이니. 치료받을 날자는 네가 정하여라. 너의 형편에 따를 것이니… 그러나 여러 가지 물어볼 것이 있다. 어디서 왔고, 누구와 함께 있으며 등 물어볼 것이 많으나, 그것들은 알게 된다고 더 믿게 되는 것도 아니니 말이다— 더 이상 묻지 않고 의심하지도 않고 환영하고 진심으로 감사한다. 자, 누가 날 부축하라! 네 말대로만 된다면 충분히 보답하고 남으리라.
(트럼펫의 화려한 취주. 시종들 왕을 따라 퇴장)

제2장 로실리온. 백작부인 저택의 한 방

백작부인과 어릿광대 등장.

백작부인 자, 이리 와서 네 말 좀 들어봐라. 예도있게 자란 너에게 꼭 알맞은 용무를 부탁하겠다.

어릿광대 먹어 온 음식이야 근사했어도 잡초처럼 자라왔는 걸요. 알고 있습니다요, 용무란 보나마나 기껏 궁정에 다녀오라는 심부름일 테죠.

백작부인 아니, 기껏 궁정이라니! 그럼 넌 어떤 곳을 유별나게 생각하나? 궁정을 그렇게 코방귀 뀌듯 무시하다니 될 법한 소린가!

어릿광대 그렇습니다요, 마님. 신에게서 예의범절이란 걸 빌렸다면 야 그걸 궁정에서 써먹기란 엎드려서 헤엄치기죠. 무릎을 굽힌다, 모자를 벗는다, 손에 입맞춘다, 그리고 입을 다문다, 이따위 짓을 못 할 바에야 다리도, 손도, 입술도, 모자도 없는 배냇병신이지요. 정확히 말해서 그런 자야 바로 말해서 궁정에는 맞지 않습죠. 하나 소인은 누가 뭐라고 해도 딱 들어맞출 답변을 준비하고 있습죠.

백작부인 누구에게나 들어맞출 답변이라니 참 편하기도 하겠다.

어릿광대 그건 아무 엉덩이에나 들어맞는 이발소

의자 같은 거죠— 뾰족한 엉덩이, 넓적한 엉덩이, 뚱뚱한 엉덩이, 아무 엉덩이나 다 들어맞구요.

백작부인 그래 어떤 질문에도 척척이란 말이지?

어릿광대 그야 물론입죠, 변호사에게 십 그로트, 호박비단 옷감으로 단장한 여자(매춘부)에 매독균이 붙은 금화, 농사꾼 손가락에 농사꾼의 골풀가락지, 참회의 화요일에 핫케이크, 오월제에 모리스 춤, 구멍에 못, 오쟁이진 남편에게 뿔, 입씨름꾼 사내에 바가지 긁는 여편네, 수도사 입에 수녀 입술, 그리고 순대 껍질에 순대 맛, 말하자면 이런 식으로 척척 받아넘기는 거죠.

백작부인 무슨 질문에도 잘 들어맞게 척척 답변한단 말이지?

어릿광대 위로는 공작님으로부터, 밑으로는 순경에 이르기까지 어떤 질문에도 문제 없습죠.

백작부인 그래, 어떤 질문에도 척척 통하는 답변이라니 굉장하겠는걸.

어릿광대 아니, 그렇고 그런 거랍니다. 학자가 진실을 말하는 거죠. 자, 여기 부품 일체를 가지고 있습죠. 나를 궁정인이라 여기고 물어보아요, 배워서 나쁠 건 없지 않습니까.

백작부인 이런 짓으로 젊어질 수만 있다면… 어디 바보가 된 셈치고 한번 물어볼까, 너의 답변을 들으면 영특해질지 모르니. 그래 너는 궁인이냐?

어릿광대 아, 뭐!— 그런 답변쯤이야 누워서 떡 먹기지. 자, 얼마든지 물어보라.

백작부인 비록 전 미천한 여자이지만 당신을 사모해요.

어릿광대 아, 뭐!— 자꾸자꾸 물어보라! 사양 말구.

백작부인 이런 소찬이야 어디 잡수실 수 있겠어요?

어릿광대 아, 뭐!— 나를 골탕 먹일 질문을 하래두.

백작부인 듣자하니 요즈막에 곤장을 맞으셨다구요?

어릿광대 아, 뭐!— 자, 사양 말구.

백작부인 아니 곤장을 맞으면서도 "아, 뭐!"니 "사양 말구"니 그런 말이 튀어나올 수 있어? 하기야 너의 그 "아, 뭐!"란 소린 주리질을 당할 때 튀어나올 법도 하지. 그 따위 답변이나 조잘대다간 주릿대 맞기 십상이 아닌가?

어릿광대 "아, 뭐!—"란 말이 이렇게 낭패본 건 처음이다. 뭣이든 오래 쓰다보면 못 쓰게 되는 법인가 부다.

백작부인 원, 나야말로 이렇게 멋진 방식으로 어릿광대와 농이나 하고 시간을 보내다니.

어릿광대 아, 뭐!— 보세요, 이렇게 척척 통하지 뭐야.

백작부인 자, 이젠 그만두고. 이 서한을 헬렌에게 갖다 주고, 답장을 써 달라고 해. 그리고 친척들과 내 아들에게 안부를 전하구. 뭐 대단한 일은 아닐세.

어릿광대 대단치 않게 안부를 전하라구요?

백작부인 너에게 대단한 심부름이 아니란 말이다. 이제 알겠나?

어릿광대 알다 뿐인가요. 다리보다 마음이 먼저 가 있습죠.

백작부인 빨리 다녀오게나. (두 사람 따로따로 퇴장)

제3장 파리. 왕궁의 한 방

무대 뒤쪽으로 의자가 두개 놓여있다. 버트람, 라후, 패롤리스 등장.

라후 요즈음 사람들은 기적이란 것을 옛날 이야기라고 하잖은가. 학자들의 설에 의하면 원인도 모르는 불가사의한 사건도 평범한 일상사로 되어 버리고 말았잖아. 그래서 우리는 알지 못하는 공포에 굴복해야 하는데도 그럴싸한 지식을 내세워 사소한 공포를 가볍게 여기고 있지.

패롤리스 사실 이번에 있은 일은 근자에 보기 드문 놀라운 사건이죠.

버트람 정말 그래.

라후 천하의 명의들이 모두 손들었는데—

패롤리스 바로 그렇다니까요.

라후 게일린 학파의 의사들도 파라셀서스 학파의 의사들도 모두가.

패롤리스 바로 그렇다니까요.

라후 해박하고 권위있는 사람들이 다—

패롤리스 맞아요, 바로 그렇다니까요.

라후 불치의 병이라고 모두 손을 뗐는데—

패롤리스 글쎄 말입니다, 바로 그렇다니까요.

라후 도리가 없다고들 했답니다—

페롤리스 그래요, 바로 손든 상태였죠—

라후 목숨은 절망적, 죽음은 결정적이라고들 했지요.

페롤리스 말씀 잘 했습니다, 바로 그렇다니까요.

라후 사실인즉 이것이야말로 이 세상에서도 이상한 이야기라고 할 수 있어요.

페롤리스 정말 그렇고 말구요, 그걸 글로 표현한다면 글쎄, 그걸 뭐라고 하는 거더라?

라후 (허리띠에서 시집을 꺼내) "이 땅 위의 행동자에게 보인 하늘의 효과의 구현"이겠지.

페롤리스 그렇습니다, 나도 그렇게 말하려고 했어요.

라후 원 글쎄, 돌고래라도 무색할 만큼 원기를 되찾으셨지 뭡니까. 사실 내가 말하려고 한 것은—

페롤리스 정말 신기합니다, 신기하다는 말이 요점이에요. 아주 부정하고 간악한 자 이외에는 누구나 다 인정할 겁니다. 이것을 말이죠—

라후 하늘이 내리신 자비의 손.

페롤리스 바로 그렇다니 까요.

라후 가장 연약한—

페롤리스 연약한 자를 통하여 큰 위력을 발휘한 것이에요. 초월적인 힘을 말이죠. 그러니까 그 힘은 폐하의 회복뿐이 아니라, 우리 모두에게도 은혜롭게—

라후 참으로 고마운 일이 일어날지도 모르지.

왕, 헬레나, 시종들 등장.

패롤리스 저도 그러려고 했죠. 지당한 말씀입니다… 폐하께서 납십니다.

라후 네덜란드 사람들이 말하는 바 그대로 러스틱(정욕왕성)이다! 나도 이빨만 빠지지 않는 동안에는 젊은 여자가 좋지. 글쎄, 폐하께서도 저 처녀와 코란토 춤이라도 추실 수 있으시겠는 걸.

패롤리스 오, 이럴 수가(Mort du vinaigre)! 저건 헬렌이 아닌가요?

라후 분명히 그렇다.

왕 (시종들에게) 궁정에 있는 모든 귀족들을 이리로 불러오너라. (시종들 퇴장)

내 생명의 은인이여, 너의 환자인 내 곁에 앉아요. (헬레나를 옥좌 곁으로 오게 한다)

잃어버렸던 감각을 네가 되찾게 해 준 이 건장한 손으로부터 이미 약속하였던 선물을 준다는 보증을 다시 한번 받을지어다. 네가 지명만 하면, 바로 이루어지는 것이니까 … (그들 앉는다)

3, 4인의 귀족들 등장. 그들 왕 앞에 선다. 버트람 같이 선다.

아름다운 처녀, 시선을 돌려 저쪽을 보오— 저 젊은 귀족들은 모두 독신자며 내가 배필을 골라 주게 되어 있느니라. 난 그들의 군주요, 동시에 어버이이기도 하니까. 모두 내 결정에 따르기로 되어 있다. 자, 네 마음대로 골라 보라. 너에게는 선택할 권한이 있으나, 그들은 거부할 권한이 없느니라.

헬레나 (귀족들에게) 사랑의 신께서 여러분에게 아름답고 정숙한 애인을 점지해 주시길! 그러나 한 분만 빼놓고요!

라후 (좀 떨어진 데서 패롤리스에게) 나도 적갈색 커탈(나의 사랑하는 말)에다 마구도 모두 붙여서 주겠다.

왕 (헬레나에게) 자세히 뜯어봐요. 모두가 훌륭한 가문의 자식들이오.

헬레나 (일어서며) 여러분, 하늘은 소녀에게 명하여 폐하의 병환을 고치게 하셨습니다.

귀족 일동 그 사실을 잘 알고 있습니다. 처녀를 위하여 우린 하늘에 감사를 드리는 바입니다.

헬레나 저는 미천한 한 처녀에 지나지 않습니다. 그러나 그렇게 말씀드릴 수 있음을 더 없이 부유한 신분으로 생각합니다… 폐하, 황송하오나 그만 두겠사옵니다. 붉게 물든 두 뺨이 소녀에게 이렇게 속삭입니다, "당신이 선택했기 때문에 우리들이 붉어지고 있다. 그러나 만일 네가 그분으로부터 거절을 당하면… 이 붉은 빛이 죽은 사람처럼 영영 새하얗게 되고 다시는 붉어지지 않을 것이다" 라고 말입니다.

왕 선택해 봐요. 누구든지 너의 사랑을 거역하는 사람은 나의 사랑을 거역하는 자이니라.

헬레나 처녀의 신, 다이애나여, 소녀는 당신의 거룩

한 제단을 떠나 비상(飛翔)합니다. 이제 소녀는 지고(至高)의 사랑의 신 비너스에게 열심히 기도를 드립니다… (귀족1에게) 소녀의 청을 들어주시겠습니까?

귀족1 듣다 마다요.

헬레나 (귀족1에게) 고맙습니다— 더 이상 여쭐 말씀은 없어요. (귀족1 절을 한다)

라후 목숨을 거는 위험을 당하느니보다 저렇게 선발되는 축에 끼었으면 좋겠구먼.

헬레나 (잠시 주춤하다가 귀족2에게) 당신의 고운 두 눈에 불타는 자존심이 사려 있으며 제가 말씀을 드리기도 전에 위협하듯, "사랑이여, 너의 신분을 높여라, 지금 사랑을 원하는 이 처녀의, 이 천한 여자의 사랑을 20배 이상으로도!" 라고 말하고 계시네요. 당신의 지체를 스무 배나 올려야 한다구요!

귀족2 아뇨, 지금 이 신분이면 족합니다.

헬레나 지금 말씀 드린 대로 하세요, 꼭 사랑의 신이 허용할 것입니다! 그럼 실례하겠습니다. (지나간다)

라후 저 자들이 그 처녀를 싫어하나? 저 자들이 내 자식들이라면 호되게 매질을 하거나, 터키 왕에게 보내서 환관을 만들어 버리겠다.

헬레나 (귀족3에게) 제가 당신을 선택할까봐 두려워하시진 마세요, 절대로 당신에게 해가 될 일은 하지 않겠으니까요. 당신이 맺으신 맹세에 축복이 있기를 빕니다! 결혼하실 땐 아름다운 신부를 만나시구요! (지나간다)

라후 저 젊은이들은 얼음 인형들인가 보군, 한 놈도 아내로 삼겠다고 하지 않으니 말이다. 틀림없이 잉글랜드 인의 사생아들일 거다. 절대로 프랑스인의 자식들은 아니다.

헬레나 (귀족4에게) 이 몸에서 자식을 얻기엔 당신은 너무 젊으시고, 너무 행복하시고, 너무나 훌륭하세요.

귀족4 아가씨, 그렇게 생각진 않습니다. (헬레나 지나간다)

라후 포도알이 아직도 한 알 남아 있군— 네 아버지도 포도주를 마셨겠지— 어쨌든 넌 바보가 아니라면 난 사람 보는 눈이 열네살 짜리 애송이밖에 안되지. 속을 뻔하게 알고 있단 말이다.

헬레나 (버트람에게) 감히 당신을 택하겠다고 말하지는 않겠어요. 하지만 제가 살아있는 한 몸과 마음을 바쳐 모시고자 할뿐이에요… (왕에게) 바로 이분이옵니다.

왕 여보게, 버트람, 이 처녀를 아내로 맞아들이도록 하여라.

버트람 폐하, 아내라니요? 이런 일은 신의 눈으로 정하도록 맡겨 주시기 바랍니다.

왕 이 처녀가 날 위해 어떠한 일을 해주었는지, 버트람, 아직도 모른단 말인가?

버트람 네 아옵니다, 폐하. 그러나, 왜 저 처녀를 신의 아내로 삼아야 하는지 그 까닭을 모르겠나이다.

왕 이 처녀가 날 병석에서 일으켰던 사실을 너도 잘 알렷다.

버트람 폐하를 일으키셨다고 해서, 그 때문에 신이 쓰러져야 할 까닭이 있겠습니까? 신은 저 처녀를 잘 알고 있습니다. 선친께서 거둬 교육시킨 빈한한 의사의 딸인데, 그런 여잘 신의 아내로 삼으라는 말씀이십니까! (혼자말로) 차라리 멸시로 영원히 파멸하는 것이 오히려 낫겠다!

왕 네가 저 처녀를 멸시하는 까닭은 오직 작위가 없기 때문이렷다. 작위라면 내가 수여하면 되는 일… 참으로 이상한 일이다. 우리의 피를 서로 섞으면 그 빛깔이나 무게나 온도가 똑 같아 아무런 차이도 없는데 큰 격차가 있는 것처럼 생각들 하니 말이지…… 저 처녀야말로 미덕 그 자체요, 그대가 혐오하는 가난한 의사의 딸이란 점만을 제쳐놓고서. 그러면 너는 작위 때문에 그 미덕을 멸시하는 셈이 되는 거다. 그러나 그건 그만 두는 것이 좋아. 아무리 미천한 지위라도 덕을 가지고 있으면 그 덕행으로 지위는 높아지게 마련이니라. 아무리 부풀어진 자리라 해도 오만불손하고 덕이 없으면 그건 병들어 부어오른 명예에 지나지 않는 법. 선이란 지위가 없어도 선이며, 악 또한 마찬가지니라. 이들은 원래 본성대로 나타나는 법이며 지위에 의해 나타나는 것은 아니다…… 저 처녀는 젊고 영특하고 아름다우니 이 미덕은 그녀가 바로 자연으로부터 타고난 것에 지나지 않아. 거기서 진정한 명예가 꽃피는 법이니라. 아무리 명예로운 가문에서 태어났어도 명예 있는 조상의 덕을 따르지 못하면, 오히려 가문의 명예를 욕되게 하는 것이니라. 그러니까 조상의 공덕을 입지 않고, 자기의 행위로 얻는 명예야말로 진정한 명예이니라. 명예라는 말은 그것만으로는 노예에 지나지 않아, 모든 무덤에 남용하여 허위의 묘비명을 세워 진정한 명예가 있는 백골이 흙과 망각의 무덤 속에 묻혀 말없이 있는 경우가 많다. 자, 어떻게 할 것인가? 네가 저 여자를 한 처녀로서 사랑할 수 있다면 뒤는 내가 보충해 줄 것인즉 그녀의 미덕을 지참금으로 삼고, 그밖에 명예와 재물은 내가 주는 몫이다.

버트람 저 처녀를 사랑할 수도 없고, 사랑하려고 애쓰지도 않겠습니다.

왕 그렇게 고집을 부리면 네 자신에게 좋지 못할 것이다.

헬레나 소녀로선 폐하께옵서 건강을 되찾으신 것이 오직 기쁠 뿐입니다. 그 밖의 일은 심려 마십시오.

왕 왕으로서의 명예에 관한 일이니 그것을 지키기 위해서 왕권을 사용하지 않을 수밖에 없도다. (일어선다) 자, 그 처녀의 손을 잡아라. 오만불손한 청년이여, 너에겐 지나치게 과한 선물이다. 너는 나의 은총과 저 처녀의 덕을 천하게 경멸하며 불충하게 대하고 꼬리잡고 있다. 야, 넌 그녀의 부족함에다가 나의 무게를 가하면 너는 저울대 끝까지 치솟는다는 것을 전혀 모르고 있구나. 너의 명예를 어디에 심던 간에 결국은 과인의 뜻에 따르는 것, 어이해 이를 모른단 말인가? 자, 심지를 다잡아먹고 그녀를 생각하는 과인의 뜻을 따르도록 하여라. 너의 거만한 고집이 통하리라곤 생각조차 하지 말아라. 그러나 너의 운명은 어명을 복종하는 것이고, 신하로서의 충성심을 다하는 것이다. 그것이 너의 의무이며, 나는 왕으로서 그걸 요구할 권리가 있느니라. 만약에 신하로서의 도리를 지키지 않는다면 너의 젊음과 무지로 눈이 어두워, 비틀거려 시궁으로 떨어지는 신세가 되더라도 다시는 돌봐주지 않겠다. 그리고 나의 보복과 증오가 정의의 이름으로 가차없이 너에게 떨어질 것이다. 자, 대답을 해 보라!

버트람 폐하, 용서하소서, 폐하의 분부에 따라 어명 한마디로, 높은 작위도, 어떤 사소한 명예도 이뤄질 것입니다. 아까까지도 신은 저 여인을 미천한 신분이라고만 생각했습니다만 이젠 폐하의 칭찬을 받으신— 지체 높은 가문에 태어난 규수로 알고 맞이하겠습니다.

왕 그 처녀의 손을 잡아라, 너의 아내라고 불러라. 지위가 너보다 높지는 않더라도 신분은 충분히 알맞게 만들어 주겠노라.

버트람 손을 잡아 백년가약을 맹세하나이다.

왕 이 약혼에는 행운과 왕의 은총이 미소짓고 있다. 따라서 이 식은 바로 지금 태어난 명령에 어울리게 당장 오늘밤에라도 거행토록 하라. 그러나 축하연은 일가친지가 오기를 기다려, 후일 열도록 하라. 저 규수를 사랑하는 것이 곧 나에 대한 충성이오, 달리 생각한다

면 큰 잘못이니라. (라후와 패롤리스만 남고, 둘은 남아서 이 결혼에 대한 평을 한다. 모두 퇴장)

라후 무슈, 내 말 듣는가? (패롤리스에게) 좀 할 말이 있소.

패롤리스 무슨 말씀이에요?

라후 네 주인님이 한 말을 취소해서 다행이구려.

패롤리스 취소라니! 나의 주인이!

라후 그렇다, 내가 그렇게 말한 건가?

패롤리스 너무 심한 말이지. 그 뜻을 알게 되면 피를 보지 않고선 그냥 흘러버릴 수 없는 말이지. 내 주인이라니!

라후 넌 로실리온 백작을 배행해 온 사람이 아닌가?

패롤리스 어떤 백작에 대해서도 나는 친구예요, 모든 백작의 친구란 말이에요, 적어도 남자의 친구죠!

라후 백작의 하인의 친구겠지, 하나 나는 백작의 주인인 왕의 친구다.

패롤리스 당신이 너무 나이가 많아요, 알겠어요? 너무 늙으셨단 말이요.

라후 이봐요, 분명히 일러두겠는데 난 이래보아도 당당한 사내란 말야. 당신은 내 나이가 되어도 병아리 오줌 밖에 안 되는 사내지.

패롤리스 (검에 손을 얹고) 당장 본때를 보여주고 싶지만, 꾹 참고 있는 줄이나 아세요.

라후 두어 번 식사를 같이해 본 사이에 그래도 네가 제법 영특한 사람이라고 생각했다. 여행담도 들을 만 했구— 그러나 출정기념의 리본이든가, 작은 깃발들을 더덕더덕 장식한 함선처럼 차고 있기에 굉장한 인물인줄 알았는데, 이제 너의 정체는 다 드러나고 말았어. 그러니까 너 같은 잔 없어져도— 눈 하나 까닥하지 않는다 이 말이다. 길바닥에서 주운 넝마밖엔 안 되는 자이니까. 아니 그만한 가치도 없단 말이다.

페롤리스 나이나 들었으니 다행이지—

라후 그렇게 화를 발칵 낼게 뭐 있나? 정체가 드러날 것이니까— 정체라 해 봤자— 꼬꼬댁거리는 암탉(역자주 : 겁쟁이 여자)이 되지 않도록! 격자창문 같은, 신사 잘 있구려. 너의 창문이야 일부러 열 필요도 없지, 속이 훤히 들여다보이니까…… 악수나 하고 작별합시다.

페롤리스 (손을 잡는다) 노인장께선 나에게 지독한 모욕을 했습니다.

라후 (손을 잡는다) 너야 모욕을 받을만한 가치가 있는 걸.

페롤리스 그런 것 없어요.

라후 있다구, 있구 말구. 난 한푼 어치도 깎지 않았다니까.

페롤리스 나도 영리해져야겠군.

라후 누워서 떡 먹듯 쉽게는 안될 걸, 그 반대쪽이 매달려 있으니까. 넌 스카프로 묶여 눈알이 쏟아지게 치도곤을 당해야 해, 발가락의 티눈만도 못한 것이 거드럭대면 어떻게 된다는 것을 알게 될 거지. 너를 사귀고 싶은데, 아니 그저 알아두고 싶은 것은 엉뚱한 일이 생길 때 나도 알고 있다고 말하기 위해서지.

패롤리스 노인장은 내 복장을 끓게 하고도 남는군요.

라후 글쎄, 이것이 네게 주는 지옥의 고통이 됐으면 좋겠고 영원히 계속되기를 바라지만 그렇게 되겠나, 나이 들어 그만하겠으니 나이가 가라는 대로 이렇게 네 곁을 지나가겠네. (라후 재빨리 패롤리스 곁을 지나 퇴장한다)

패롤리스 흠! 당신 자식놈에게 이 한을 풀어 줄 거다. 이 더럽고 추잡하고 비열한 늙은이야! 어디 두고보자, 아냐 참아야돼, 권세에겐 족쇄는 없으니까. 하지만 때만 와봐라, 하늘이 두 조각이 나도 섭산적이 되도록 두들겨 패줄 테다, 지체가 지금보다 몇 갑절 높은 귀족이라 해도 말이다. 나이께나 먹었다구 용서해 줄 줄 알아. 어림도 없다— 한 번 더 만나 봐라. 한바탕 조리질 쳐서 혼줄부터 빼놓을 테다.

라후 다시 등장.

라후 여봐, 네 주인나리께서 결혼했네. 놀라운 소식이겠지. 이젠 새 아씨마님이 생긴 셈이군.

패롤리스 제발 부탁이니 더 이상 절 모욕하지 마세요. 그 사람은 나에게 잘 해주는 귀족일 뿐이에요—

내가 우러러 모시는 분이야말로 나의 주인이지만.

라후 누구? 하느님 말인가?

패롤리스 아, 그럼요.

라후 너의 주인은 악마일 게야. 왜 그렇게 양팔을 대님으로 조이고 있지? 양쪽 소맷자락을 바지로 삼을 건가? 딴 하인들도 그렇게 하나? 너의 양 사타구니사이에 매달려 있는 것을 코끝에 매달아 놓았으면 꼭 알맞겠다. 꼭 정말 내가 두 시간만 더 젊어도 너를 작대기 찜질하고 말텐데. 누구나 너를 보면 창자가 느글거려 귀싸대기를 올려붙이고 싶을 거다. 내 생각엔 너야말로 사람들이 화풀이할 상대 감으로 태어난 것 같다.

패롤리스 이보세요, 이건 너무 심하고 동에 닿지 않는 말씀이군요.

라후 에이 같잖은 소리! 넌 이탈리아에서 석류알 한 톨 훔친 죄로 무릿매를 당하지 않았나. 넌 떠돌이꾼이지, 무슨 얼어죽을 여행가람, 귀족이나 지체 있는 분을 못 알아보고, 자기의 신분이나 품성에 맞지 않게 불충한 언동을 하고 있단 말이다. 더 이상 할 말이 없다. 한마디 있다면, '이 악당아' 하는 말이지. 난 간다. (퇴장)

패롤리스 좋지, 아주 좋단 말야. 그래도 좋아, 좋고 좋다니까, 그러니 당분간은 은밀히 감추고 있어야지.

버트람 다시 등장.

버트람 이젠 다 끝장이다, 평생 기막힌 신세가 되고 말았다!

패롤리스 어찌 된 일이야?

버트람 신부님 앞에서 엄숙하게 서약을 하긴 했지만, 그 여자하곤 죽어도 동침은 아니할 테다.

패롤리스 뭐, 뭐라구?

버트람 오, 패롤리스, 난 강제로 결혼 당했어! 토스커니의 전쟁터로 바로 가야겠다. 그 여자하곤 결코 동침하지 않을 테다.

패롤리스 이 프랑스는 개집과 같애, 인간이 발을 내디딜 가치도 없다구. 자, 전쟁터로 갑시다!

버트람 어머님한테서 서신이 왔다. 무슨 사연인지 아직 알지 못하고 있다만!

패롤리스 그야 읽어보면 알 수 있겠지… 백작, 좌우지간 전쟁터로 갑시다. 전쟁터로! 집구석에 남아서, 여편네나 껴안고 있다면 대장부답지 못해. 용감하게 날뛰는 군신 마르스의 군마조차 부둥켜안을 만한 괴력을 갖추어야지, 여편네 품안에서 허망하게 지낸다는 건, 대장부의 명예를 남의 눈에 띠지 않게 상자 속에 간직하는 거와 마찬가지다… 자, 외지로 가자! 프랑스는 마구간이야. 여기 있다간 쓰레기 같은 망아지가 되기 십상이지. 그러니 전쟁터로!

버트람 그렇게 하지. 그 여잔 고향집에 보내서, 어머님께 내가 그녀를 싫어한다는 것과, 전쟁터로 달아나는 이유를 알려야겠다. 폐하께는 직접 아뢰기 어려운 사연을 서면으로 아뢰어야겠고, 조금 전에 받은 하사금으로 동료 귀족들이 싸우고 있는 이탈리아 전쟁터로 갈 채비를 하는데 써야겠다. 암울한 집구석이나, 낯짝 보기 싫은 아내에 비하면 전쟁터는 고생이라 할 수 없지.

페롤리스 확실히 그 변덕이 죽 끓듯 하지 않겠나?

버트람 내 방에 가서 의논하자. 그 여잘 당장 보내고, 난 내일 전쟁터로 떠나겠다. 그 여자야 울든 말든 마음대로 하라지.

페롤리스 이거야 피리를 부니 장고 소리가 난다는 거지. 가락이 들어맞네. 어쨌든 젊어서 결혼하여 신세를 망친 셈이라니. 그러니 용감하게 여잘 내버리고 떠나지. 폐하께선 너무 하셨지. 하지만 어쩔 수 없는 거지. (두 사람 퇴장)

제4장 왕궁의 다른 방

헬레나와 어릿광대 등장.

헬레나 어머님께서 자별하시게 글월을 주셨다. 어머님께선 안녕하시니?

어릿광대 안녕하시지야 않지, 건강은 하시며 매우 즐겁게 지내시지만, 좋다고 할 순 없고. 다행히 무사태평하시고, 아쉬운 것도 하나 없지만 그래도 안녕하시지는 않다니까.

헬레나 무사태평하신데, 안녕하시지 않다니, 어디 편찮으신 거야?

어릿광대 사실이야, 매우 안녕하시지, 오직 두 가지 일만 빼고선.

헬레나 두 가지라?

어릿광대 하나는 아직 천당에 못 가셨다는 것, 하느님 빨리 그곳으로 보내주십시오. 또 하나는 아직도 이 지상에 계시다는 것, 하느님, 이 지상에서 빨리 떠나게 해주십시오.

패롤리스 등장.

패롤리스 안녕하십니까, 아가씨. 행운을 기원합니다!

헬레나 그렇게 기원해 주시니 그 친절에 감사해요.

패롤리스 항상 행운이 있으시기를 기원해 왔죠. 행운 있으시고 또 행운 있으시기를 항상 빌어 왔습니다. 오, 자넨가, 노마님도 안녕하시나?

어릿광대 당신은 마님의 주름살을 얻어가고, 난 그 분의 재물을 얻어올 수 있다면, 당신 말대로 되면 좋지.

패롤리스 왜 그래, 난 아무 말도 안 했는데.

어릿광대 그러니까 당신은 약삭빠른 자야. 대개 하인 놈들은 자기 주인이 일찍 뒈져 버렸으면 좋겠다구 입정을 놀리지. 아무 말도 안하고, 아무 짓도 안하고 아무 것도 모르고, 아무 것도 갖지 않는 것이 당신의 가장 큰 재산이지— 그러니까 아무 것도 없는 것과 같다 이 말이다.

패롤리스 꺼져버려, 이 고약한 놈.

어릿광대 고약한 놈 앞의 고얀 놈이라고 해야지. 그러면 내 앞의 놈은 고약한 놈이지. 이래야 말이 되지.

패롤리스 요놈 봐라, 입 주정께나 잘 부리는 광대로구나, 이제 잘 알겠다구.

어릿광대 자기 힘으로 알았나? 아니면 내가 가르쳐 줘서 알았나?

패롤리스 그래, 내가 깨달았다.

어릿광대 어쨌든 알게 됐으니 잘 됐군. 스스로 자신이 바보란 것을 알았으니, 온 세상이 기뻐하고 웃음이 더 터져 나오겠네.

패롤리스 요거 정말 밉상이로군. 배우는 것보다 잘 처먹었군. 아가씨, 백작께선 오늘 저녁에 이곳을 떠나시게 됐습니다. 매우 긴급한 일이 생겼습니다요. 아가씨께선 마땅히 가지셔야 할 사랑의 특권인 식을 올리는 것이 아가씨의 권리이며, 백작도 당연하다고 인정하고 계시지만 부득이 연기하게 됐습니다. 그러나 그걸 행사할 수 없고, 연기하는 동안에 달콤한 향기의 꽃잎을 모아, 충분히 증류하여 놓고, 미래를 기쁨의 향수로 철철 넘치도록 하여 그 가장자리까지 채울 작심이십니다.

헬레나 다른 말씀은 없어요?

패롤리스 아가씨께서는 당장 휴가를 얻으시도록, 그것도 그럴듯한 구실을 꾸며, 서둘러 가셔야 하는 듯하셔야 좋을 거라고 말씀하셨습니다.

헬레나 그밖에 다른 분부는 없었어요?

패롤리스 폐하의 윤허를 받으시거든, 즉시 백작께 가셔서 다음 분부를 받으시랍니다.

헬레나 모든 일을 그분이 분부하신대로 하지.

패롤리스 그렇게 아뢰겠습니다. (패롤리스 퇴장)

헬레나 (어릿광대에게) 자— 이리 와요. (어릿광대와 함께 퇴장)

제5장 파리. 왕궁의 다른 방

라후와 버트람 등장.

라후 설마 그 사람을 용사라고 생각하진 않겠죠.

버트람 아닙니다, 분명히 용감한 사나이입니다.

라후 그 사람의 말을 듣고 하는 말씀이겠지요.

버트람 그밖에도 다른 사람의 증언이 있습니다.

라후 그렇다면 내 나침반이 잘못되었군, 멥새를 종달새로 알았으니까.

버트람 그 사람은 유식할 뿐 아니라 용감하기도 합니다.

라후 그럼, 나는 그 사람의 경험과 용기를 잘못 알고 멸시한 죄를 범한 셈이 되는군, 그런데도 회개할 마음이 생기지 않으니, 걱정이로군…

패롤리스 등장.

아, 저기 오는군, 우정 있게 지낼 터이니 화해하도록 해 주시오.

패롤리스 (버트람에게) 모든 일이 잘 되었어.

라후 그런데, 저 사람의 재단사는 누구지요?

패롤리스 예?

라후 그 사람이라면 나도 잘 알지. 정말 솜씨 있는 일꾼이고 훌륭한 재단사지.

버트람 (패롤리스에게 방백) 그 여자는 폐하께 갔나?

패롤리스 뭣이?

버트람 오늘 저녁에 출발할 것 같나?

패롤리스 그렇게 명령만 한다면.

버트람 서한도 써 놨고, 귀중한 짐도 꾸렸고, 말도 다 준비해놓았다— 그런데 실은 오늘밤이야말로 신부를 맞이할 첫날밤인데 시작하기도 전에 끝장이 나는 셈이군.

라후 (반독백조로) 여행가라는 건 만찬이 끝난 후에 그의 얘길 들려주는 게 즐거운 일이지. 하나 그 이야기의 삼분의 삼까지 다 거짓말이니 누구나 뻔히 아는 한가지 사실을 수천 가지로 늘려 허풍을 떠는 놈이라, 한번 이야기할 때마다 세 번 두들겨 주어야지… (패롤리스를 돌아다보고) 여, 대장, 안녕하시오?

버트람 무슈 패롤리스, 이분과의 사이에 좀 불편한 일이라도 있는가?

패롤리스 어째서 저 분의 불쾌감을 사게 됐는지, 도무지 알 수가 없군.

라후 산 게 아니라, 뛰어 들어 온 거지. 장화에다 박차까지 달고. 커스터드 속에 뛰어드는 어릿광대처럼 말야. 너야말로 왜 뛰어들었느냐는 질문을 받기도 전에 바로 뺑소니 칠 자가 아니오?

버트람 경께선 저 사람을 오해하신 것 같습니다.

라후 저 사람이 기도 드리고 있는 걸 봐도 난 그렇게 생각할 거요. 자, 그러면 실례하겠는데, 이 말은 잘 들어 두어요, 저렇게 가벼운 호도 속엔 알맹이는 없지. 이 자의 넋은 저 옷이지. 중요한 일에 저 사람을 믿었다간 큰 코 다쳐. 나도 이런 자를 길러 봐서 그 근성을 잘 알고도 남아 …… 그럼 잘 있어, 무슈, 네 얘긴 사실보다야 분수에 넘을 만큼 잘 해 놨소. 사람이란 악에는 선으로 대해야 하는 거니까 말야. (퇴장)

페롤리스 싱거운 어른이라구.

버트람 (주저하며) 글쎄, 그런 것 같아.

페롤리스 어떤 사람인지 잘 모르는가?

버트람 모를 리가 있나. 잘 알고 있다, 세상사람들이 훌륭한 분이라고 칭찬이 자자하지……

헬레나 등장.

저기 골칫덩이가 오는군.

헬레나 분부하신 대로 폐하께 아뢰어 당장 떠나도 좋다는 윤허를 얻었습니다— 폐하께서 당신과 은밀히 하실 말씀이 있으시답니다.

버트람 그 분부를 따르리다. 헬렌, 나의 행실을 이상하게 생각지 말아주오. 이 경우에 도리를 다하지 못하고 나로서는 해야할 의무를 따르지 못하게 되는데. 나도 일이 이렇게 되리라고는 꿈에도 생각지 못했거든. 그러니 어찌했으면 좋을지 몹시 고민하였고… 그래서 그저 당신에게 간청하는 바니 곧 집으로 돌아가 주었으면 해. 왜 내가 이렇게 부탁을 하는지 부디 그 이유는 묻지 말고 짐작만 해주오. 여기서는 겉보기보다는 훨씬 중요한 사유가 있는 것이며, 당신이 얼른 보아서는 이해 못할 중대한 일이 있단 말이오… (서한을 건네며) 어머님께 드리는 서한이오. 이틀 후엔 만나게 될 거요. 그러니 양해해 주어요.

헬레나 서방님, 드릴 말씀이 없어요. 오직 당신의 분부만 따르겠어요.

버트람 자, 자, 이젠 그만해 둡시다.

헬레나 팔자소관으로 미천하게 태어난 운명의 별의 힘은 이 엄청난 행운을 이 몸에 합당하게 해 주지 않으니 그 부족한 점을 메울 생각이에요.

버트람 그 얘긴 그만 합시다. 난 이만저만 바쁘지 않으니. 그럼 잘 있어요. 빨리 집으로 돌아가요.

헬레나 저어 죄송합니다만.

버트람 그래, 무슨 할말이라도?

헬레나 전 제가 얻은 이 부귀를 받아들일 가치도 없는 여자고, 또 감히 제것이라고 주장할 생각도 없지만… 역시 제것은 제것이에요— 국법이 제 것으로 인정해 준 이상 소심한 도둑처럼 그것을 제가 갖기 위해 훔치고 싶어요.

버트람 그게, 뭐란 말이지?

헬레나 별 것 아닌 것, 그런 건데요. 실은 아무 것도 아니에요. 제 입으로 말하고 싶지 않아요. 아뇨, 해야겠어요… 실은 말이에요— 생면부지의 남남이거나 원수들끼리는 헤어질 때 키스를 하지 않는데요.

버트람 제발 부탁이니 어서 말을 타요.

헬레나 네, 말씀대로 하겠어요, 서방님…

버트람 애, 다른 자들은 어디 갔지, 무슈?— 잘 가오. (헬레나 퇴장) 고향으로 가라구, 난 검을 휘두르고 북소리를 들을 수 있는 한 절대로 고향엔 가지 않을 테다… 자 출발한다.

페롤리스 자, 용기백배하여 출진한다! (두 사람 퇴장)

제 3 막

위대한 군신 마르스여, 나는 오늘부터
당신의 대열에 참가하겠습니다! 이 몸이 뜻한 대로만
되게 해주소서. 지금부터 진군의 북소리를 열애하고,
사랑을 증오하는 사람이 될 것입니다.
-3장 버트람의 대사 중에서

제1장 플로렌스. 공작의 저택 앞

화려한 트럼펫의 취주. 플로렌스 공작과 두 사람의 프랑스 귀족, 1개 중대의 병사들 등장.

공작 그럼, 두 사람은 이번 전쟁의 근본 이유를 낱낱이 들은 셈이다. 전쟁의 승패를 결정짓기 위해 이미 많은 피를 흘렸고, 앞으로도 더 엄청난 유혈이 있게 될 것 같소.

귀족1 공작 각하의 주장은 신성하지만, 적의 것은 음흉하고 두려움에 휩싸여있는 것 같습니다.

공작 그러니까 이러한 정의의 전쟁에 우리가 청한 원병을 프랑스 왕이 가슴을 닫고 묵살해 버리니 의중을 이해할 수가 없군요.

귀족2 공작각하, 우리 진의야 국정에 직접 참여치 않은 일반 문외한으로선 생각해 낼 수 없으니 이 사람은 감히 스스로의 추측밖에는 할 수가 없습니다— 그런 형편이 온데 어찌 감히 사견을 말씀드릴 수 있겠습니까. 원래 추측이란 빗나가는 수가 많은 법입니다.

공작 그건 왕의 뜻이겠지.

귀족 그렇더라도, 저희들과 같은 기백을 지닌 젊은 측들은 안이한 생활에 지치고 신물이 나서, 신체의 단련을 위해서라도 이리로 모여들 것입니다.

공작 진정으로 그런 사람들을 환영하는 바요. 우리가 줄 수 있는 모든 영예를 드리도록 하리다…… 두 사람은 자기의 지위를 잘 알고 있을 것이며 더 좋은 자리가 나게되면 그 자린 응당 두 사람의 것이 될 거예요. 내일은 싸움터로 나갑시다! (화려한 트럼펫의 취주, 모두 퇴장)

제2장 로실리온. 백작부인의 저택의 한 방

백작부인(손에 서한을 들고 있고)과 어릿광대 등장.

백작부인 아들이 며느리와 함께 오지 않았지만 그것 말고는 모두가 내 뜻대로 됐다.

어릿광대 실은 말입니다요, 도련님이 심한 우울증에 걸리신 것 같다구요.

백작부인 뭘 보고 그러지?

어릿광대 글쎄, 장화를 보고는 노랠 부르지 않나, 장화 장식을 고치면서도 노랠 하지 않나, 뭘 물어보고도 노랠 하지 않나, 심지어는 이빨을 쑤시면서도 노랠 부르지 뭐예요. 소인이 알기엔, 이런 우울증 징후 때문에 노래 한 곡조 대신에 멋진 장원을 팔아먹었다는 사람도 있다는데?

백작부인 아들이 무슨 말을 써 보냈는지 읽어봐야지. 그럼 언제 돌아오려는 건지도 알게 되겠지. (서한을 읽는다)

어릿광대 (혼자말처럼) 왕궁에 갔다 온 뒤부턴 이즈벨의 상판때기도 보기 싫어졌단 말야. 이곳의 계집애들이나 이즈벨은 조정의 계집애들이나 이즈벨하고는 비교도 안 된다. 내 큐피드는 대갈통이 터져버렸으니

내가 사랑을 한다해도 늙은이 돈 좋아하는 것과 같으니 제기랄, 기분이 나야 말이지.

백작부인 아니, 무슨 소릴 해 보낸 거지?

어릿광대 써 놓은 대로 해 보낸 거지. (퇴장)

백작부인 (읽는다) "어머님에게로 며느리를 보냅니다. 그 여자는 폐하의 병환을 치유했지만 소자를 파멸케 했습니다. 소자는 그 여자와 비록 결혼은 했지만, 동침은 하지 않았습니다. 소자는 영원히 하지 않기로 맹세했습니다. 소자가 탈주한 것은 통달이 될 것입니다만 미리 알려 드리는 겁니다. 이 세상이 넓은 것이니 소자는 멀리 떨어져 있겠습니다. 어머님께 대한 효심은 변함이 없습니다.

불효자 버트람 배상"

이렇게 어리석고 철부지에 방자한 자식이다. 인자하신 폐하의 은총에 배반을 하다니, 국왕에게까지도 멸시받지 않을 정도의 훌륭한 처녀를 천시해서, 폐하의 진노를 초래할 일을 하다니 될 법한 일인가.

어릿광대 다시 등장.

어릿광대 아이구 노마님, 저기 군인 두 사람과 새아씨가 오는데 슬픈 소식을 가져 왔다구요.

백작부인 무슨 소식이지?

어릿광대 그게요, 좀 괜찮은 소식도 있습니다요, 조금 말이죠— 당신의 아드님이 이 내가 생각한 것처럼 그렇게 빨리 죽진 않을 거라니까요.

백작부인 왜 내 아들이 죽어야하지?

어릿광대 그렇다니까, 노마님. 지금 들었는데 마님의 아들이 도망을 쳐서 전쟁터에 갔는가 봐요. 마님, 그렇게 고집만 부리고 있다가는 목숨이 위험해요. 자식들은 생긴다해도 사내들은 죽는 거죠. 자, 저기들 오고 있으니. 자세한 얘길 들어 보세요. 내가 들은 거야 당신의 아드님이 도망갔다는 이 말 뿐이라구요. (퇴장)

헬레나와 두 신사 등장.

신사1 안녕하십니까, 백작부인.

헬레나 어머님, 그이는 떠나고 말았어요. 다신 돌아오지 않는 답니다. (흐느껴 운다)

신사2 그럴 리가 없습니다.

백작부인 (그녀를 두 팔로 포옹하며) 아가야, 마음을 진정하여라. 여보세요 두 분, 난 평생에 변덕스런 기쁨과 슬픔의 변을 많이도 겪어 왔어요, 그래서 이젠 어떤 경우를 당하더라도 처음부터 아낙네들처럼 정신 못 차리는 일은 없어요… 내 아들은 어디 있는지?

신사2 백작부인, 플로렌스 공작의 진영으로 갔습니다. 출진하는 도중에 저희가 만난 것이죠. 저희들은 거기서 오는 길이였고요. 왕궁에서의 용무를 마치는 대로 그곳으로 다시 돌아가게 돼있습니다.

헬레나 어머님, 그이 서한을 보세요. 이게 제 여권이랍니다. (읽는다) "당신이 내 손가락에 꼭 껴서 빠지지 않는 반지를 손에 넣고, 당신 몸에서 아버지라고 할 내 피를 받은 아이를 낳게 되거든, 그 땐 날 남편이라고 불러도 좋소. 그러나 그러한 때는 결코 오지 않을 거요" 아아, 이건 너무 무서운 선고예요.

백작부인 (두 신사에게) 두 분이 이 서한을 가지고 오셨나요?

신사1 예, 그렇습니다, 백작부인. 그런 사연인 줄 모르고 받아온 것이라 죄송스럽기 짝이 없습니다.

백작부인 (헬레나에게) 아가야, 너무 상심 말아라. 너 혼자서 이 슬픔을 독점해 버린다면 내 몫까지도 빼앗아가게 되느니라… 그 앤 지금까지 내 아들이었지만, 이제부턴 내 핏속에서 그의 이름을 씻어 버리겠다. 이젠 너만을 내 자식으로 삼겠다…… (두 신사에게) 그래 내 아들이 플로렌스로 갔다구요?

신사2 네, 그렇습니다.

백작부인 참전하는 군인으로 말이오?

신사2 그런 훌륭하신 뜻을 가지고 있습니다. 플로렌스 공작각하께서는 틀림없이 응분의 명예를 내려주실 겁니다.

백작부인 당신들은 그곳으로 돌아가신다지요?

신사1 예, 백작부인, 가급적 속히 돌아갈까 합니다.

헬레나 (서한을 읽는다) "아내가 없는 몸이 되기 전엔 프랑스에선 아무 것도 가진 것이 없다" 지독도 하다.

백작부인 그런 말이 적혀 있느냐?

헬레나 네, 어머님.

신사1 아마 글을 쓰다 보니, 부지중에 그렇게 된 것 같습니다만, 진심은 그렇지 않을 것입니다.

백작부인 "아내 없는 몸이 되기 전엔, 프랑스에선 아무 것도 가진 것이 없다!" 이 말에는 이 며느리야말로 너에게는 너무나 과분한데 그보다 나은 것이 어디 있단 말인가! 라는 뜻이지. 그 아이는 너처럼 버릇없는 젊은이가 스무 명이나 시중드는 위인의 부인이 되어 마님이라고 불려도 조금도 손색이 없단 말이다. 동행한 자가 있었어요?

신사1 하인 한 사람뿐이고, 전에 면식이 좀 있는 신사 한 분이 동행하였습니다.

백작부인 혹시 패롤리스란 자가 아닌가요?

신사1 네, 맞습니다, 바로 그 사람입니다.

백작부인 아주 치사하고 못난 사람이지. 사악한 간교에 차있고요. 내 아들의 타고난 착한 심성도, 그자의 요살스런 농간으로 타락한 겁니다.

신사1 정말 그렇습니다, 백작부인, 사람 세워놓고 눈 빼먹을 사람인데 남에게도 크게 영향을 끼치는 듯 합니다.

백작부인 두 분께서 이렇게 와 주셔서 대단히 감사합니다. 내 아들을 만나시거든, 아무리 무공을 세워도 땅에 떨어진 명예는 돌이킬 수 없다고 말씀 전해주세요. 그 밖의 것은 서한에 쓰겠으니 전해 주시기 바랍니다.

신사2 뭣이든 백작부인의 분부라면 기꺼이 전하겠습니다.

백작부인 정말 고마워요. 그럼 안으로 들어 가실까요? (백작부인과 두 신사 퇴장. 어릿광대도 따라간다)

헬레나 "아내가 없는 몸이 되기까진 나는 프랑스에선 아무 것도 가진 게 없다!" 아내가 있는 한 당신은 프랑스에 아무 것도 가진 것이 없다구요! 로실리온, 그럼, 프랑스에서 모두 갖게 해 드리죠…… 가엾은 분! 당신을 조국으로부터 내쫓고, 연약한 몸을 인정사정도 없는 싸움터에 내맡기게 한 것이 정녕 나란 말이지? 그래서 즐거운 왕궁에서 아름다운 눈길을 한 몸에 받았던 당신을 내쫓고, 화약냄새를 뿜는 총알의 과녁이 되게 한 것도 정녕 나란 말씀이지? 너, 불덩이를 타고 무섭게 빠르게 날아가는 총탄의 사자들이여, 제발 겨냥에서 빗나가다오. 날카롭게 소릴 내며 꿰뚫고 난다 해도 노래부르며 천상으로 돌아가는 공기니, 내 님만은 다치지 말아다오! 누가 총을 쏘든 간에 그이를 표적으로 삼게 한 건 나다. 누가 그이의 가슴팍을 찌르든 간에 검 앞에 서게 한 못난이는 바로 나다. 비록 내가 직접 죽이지 않았더라도 죽음으로 이끈 건 바로 나잖아. 아, 차라리 굶주림에 울부짖는 사자의 밥이 되는 편이 낫겠다. 온 세상의 모든 불행을 다 내가 짊어지는 편이 차라리 낫겠다. 그래요, 집으로 돌아오세요,

로실리온님, 전쟁터에서 위험을 무릅쓰고 얻는 명예란 기껏해야 부상당한 상처뿐, 아차 하면 목숨까지 잃게 돼요…… 내가 이곳을 떠나겠어요. 내가 있기 때문에 당신이 떠나신 거예요— 그러니 어찌 제가 여기에 죽치고 있겠어요? 아니, 아니죠, 설사 이 집안에 도원경의 꽃바람이 불어오고, 천사들이 집안 일을 돌봐 준다해도 말예요. 전 떠나겠어요, 제가 없어졌다는 가련한 소문이 당신의 귀에 들리고 위로를 받으시게 해드릴 수 있다면 얼마나 좋겠어요. 자, 밤아 어서 오너라! 낮이어 빨리 가 다오! 처량한 도둑처럼 어둠에 싸여 빠져나가겠으니. (퇴장)

제3장 플로렌스. 공작의 저택의 앞

화려한 트럼펫의 취주. 플로렌스 공작, 버트람, 패롤리스, 관리들, 병사들, 고수, 나팔수 등장.

공작 그대는 우리 기병의 대장이오. 나는 큰 희망을 가지고 최고의 애정과 신임을 주노니 그대가 혁혁한 무공을 세워주길 바라오.

버트람 불초소인에게 과분한 중책이오나, 각하를 위해서라면 어떠한 위험을 무릅쓰고라도 분골쇄신 충절을 다 하겠습니다.

공작 그럼 출진하시오. 운명이 그대의 상서로운 애인이 되어 그대의 행운의 투구를 보살펴 주소서.

버트람 위대한 군신 마르스여, 나는 오늘부터 당신의 대열에 참가하겠습니다! 이 몸이 뜻한 대로만 되게 해 주소서. 지금부터 진군의 북소리를 열애하고, 사랑을 증오하는 사람이 될 것입니다. (모두 퇴장)

제4장 로실리온. 백작부인의 저택의 한 방

백작부인과 집사 등장.

백작부인 딱도 하지! 그래 당신은 내 며느리한테서 아무 생각도 없이 이 서한을 받았단 말인가? 내게 서한까지 보낸 것은 이런 일을 하려고 한 것인데 짐작조차 못 하고? 어디 한번 더 읽어보라고.

집사 (읽는다) "저는 성 제이퀴즈 님에게로 순례차 떠납니다. 외람 되게도 분수에 맞지 않는 사랑을 탐냈으니 그 큰 죄를 속죄하기 위해 차가운 땅을 맨발로 밟으며, 가겠노라고 맹세했습니다. 저의 소중한 남편이며 어머님의 귀여운 아드님이신 그이에겐 부디 서한을 보내시어 피비린내 나는 전장에서 당장 돌아오시도록 하시어 집에서 편안히 지내시도록 하십시오. 저는 멀리서 그이의 이름을 되뇌면서 열심히 기도 드리겠습니다. 그이를 고생시킨 저의 죄를 용서하시도록 처리하여 주소서. 저야말로 그이를 조정의 친구들로부터 떼어놓고, 적과 야숙하게 하며, 아무리 훌륭한 분에게도 항상 죽음과 위험이 뒤따르는 전쟁터로 보낸 가증스런 여신 주노입니다. 죽음이나 저에게는 그이는 너무나 훌륭한 분입니다. 죽음은 제가 차지하겠으니, 그이는 이제 자유의 몸이십니다"

백작부인 아, 이 부드러운 말투 속에 날카롭게 찌르는 침이 들어있다! 리날도, 매사에 사려 깊은 너였는데 그 앨 이렇게 내보내게 했느냐? 내가 만나서 얘기만 할 수 있었다면 마음을 돌릴 수 있었을 텐데. 이젠 엎질러진 물이다.

집사 죄송합니다, 마님. 실은 마님께 어제 저녁에 이 서한을 올렸더라면 붙들 수 있었을 겁니다만, 하긴 뒤쫓아와도 소용없다고 써 있긴 하지만 말입니다.

백작부인 이런 몹쓸 남편을 그처럼 축원을 하다니, 정말 천사와 같은 여자야. 그 애의 기도 없이는 내 아들은 절대로 무사할 수 없다. 그 애 기도라면 하늘도 기꺼이 들으시고, 크신 정의의 노여움을 풀어주실 거다…… 리날도, 어서 서한을 써요, 자기 처에게 이 부덕한 남편에게 말이다, 아들이 며느리의 가치를 절실히 느낄 수 있도록 써 줘요. 내 아들이 자기 처를 업신여기고 있으니깐, 이 어머니의 비통한 심정을 아들은 생각지도 않으니 엄하게 써라. 가장 적임자를 골라 서둘러서 보내도록 하구. 제 아내가 없어졌단 소릴 들으면, 아들은 필시 돌아올 거다. 그리고 며느리도 소문을 듣고 정을 못 잊어 되돌아올지도 몰라. 둘 다 내겐 소중한 자식들이다, 어느 쪽이 더 소중한지 가늠할 수가 없구려… 서한을 가지고 갈 사람을 빨리 물색해요… 마음은 무겁고, 나이를 먹어 몸도 불편하다. 비통한 이 심정은 눈물을 자아내고, 슬픔이 얘기를 하라고 하잖은가. (두 사람 퇴장)

제5장 플로렌스의 성벽의 밖

플로렌스의 늙은 과부, 그녀의 딸 다이애나와 마리아나, 기타 시민 다수 등장. 멀리서 트럼펫 소리.

과부 자, 어서들 가봐요. 군대가 성안 마을 쪽으로 가 버리면 복잡해서 구경도 못한다니까.

다이애나 프랑스의 백작님이 가장 훌륭한 전공을 세웠다면서요.

과부 그분은 적의 최고 지휘관을 사로잡았데. 손수 공작의 동생의 목을 쳤다는 소문이 자자하잖아… (트럼펫 소리) 헛수고를 했군. 저쪽 길로 간 모양이지—들어봐! 트럼펫 소리로 알 수 있다니까.

마리아나 자, 돌아갑시다. 나중에 얘기나 들으면 그만이지. (그들 돌아선다) 이봐, 다이애나, 그 프랑스 백작일랑 조심하라구. 처녀의 명예는 뭐니뭐니해도 순결에 있다구. 그보다 더 소중한 보물은 없어.

과부 난 그 백작 동료 신사로부터 네가 졸림을 당했다는 얘길 이웃사람들에게 했다구.

마리아나 이 악당아, 콱 뒈졌으면 좋겠다! 패롤리스란 관리인데, 그 젊은 프랑스의 백작에게 추잡한 짓을 시키려는 곱살 낀 쓰레기 같은 뚜쟁이라구요. 그런 자들을 조심해야해요, 다이애나. 약속을 하거나, 유인 당하는 것, 맹세나, 선물 등, 무슨 짓이든 가지가지 음란

한 짓을 부리고 있다니까. 그 술수에 넘어간 처녀들이 부지기수라구요. 결국 정조를 빼앗긴 무서운 예가 허다한데, 속아넘어가는 여자들이 끊기지 않으니 정말 복통할 노릇이야. 다이애나에겐 더 이상 충고할 것도 없겠지만 워낙 얌전하니까. 그러니까 정조를 잃을 위험을 당하면 안 된다고 하면 충분히 경계하겠지.

다이애나 걱정하실 것 없습니다.

순례자로 가장을 한 헬레나 등장.

과부 나 역시 그랬으면 해… 저기 순례자가 온다. 필경 우리 집에 체류하게 되겠지, 저 사람들은 서로 우리 집에 보내 준다니까. 어디 물어봐야지. 안녕하세요, 순례자님! 어디로 가시는 길이세요?

헬레나 성 제이퀴즈 르 그랑드님께 가는 길입니다. 저, 순례자들은 어느 여관에 묵는지 아십니까?

과부 성문 옆에 있는 성 프란시스 관이에요.

헬레나 이 길로 가는 건가요?

과부 에, 그래요…… (멀리서 진군 소리가 들려온다) 저 소리는! 어머나, 이리로 오고있네. 순례자님, 병정들이 지나갈 때까지 기다려주시죠, 그러면 투숙하실 여관까지 모셔다 드릴께요. 그 집 안주인이야 저와 다름없을 정도로 잘 아니까요.

헬레나 그럼, 아주머니가 바로 주인이시군요?

과부 묵어주신다면 그렇게 되는 거죠, 순례자님.

헬레나 고마워요. 그럼, 기다리겠어요.

과부 프랑스에서 오셨나 봐요.

헬레나 그랬어요.

과부 댁의 나라에서 큰 무공을 세우신 분이 곧 이리로 오실 거예요.

헬레나 그 분 성함이 뭔가요?

다이애나 로실리온 백작이에요. 혹시 아시는 분인가요?

헬레나 훌륭하신 분이란 소문은 듣고 있습니다만 뵌 적은 없어요.

다이애나 어떤 분인지는 몰라도, 여기선 누구나 우러러보는 분이세요. 소문엔 왕이 그가 싫어하는 여자와 강제로 결혼을 하라고 해서 프랑스에서 도망쳐왔다지 뭐예요. 정말 그런가요?

헬레나 네, 정말 그래요. 난 그분 부인을 잘 알고 있어요.

다이애나 백작님을 모시는 신사양반이 부인 험담을 하지 않겠어요.

헬레나 그분 이름이 뭔데요?

다이애나 무슈 패롤리스예요.

헬레나 어머나, 백작님을 칭찬하는 일이면 그 사람의 말이 옳아요. 또는 그 훌륭한 백작님에 비하면 그 부인은 너무나 미천해. 이름조차 입에 담을 수 없어요—그저 취할 점이 있다면 절개가 굳다는 것뿐이지요. 그 부인이 의심받았다는 소문은 아직 듣지 못했거든.

다이애나 아이, 가엾어라! 부인이 되어 남편에게 소박을 당하다니, 얼마나 괴로울까!

과부 그 부인이 누구신지는 몰라도, 몹시 서러워할 게 분명해. 우리 집 딸애가 마음만 먹으면 부인의 속을 태워줄 수도 있답니다.

헬레나 그게 무슨 뜻이죠? 혹시 여자라면 사족을 못쓰는 백작이 야심을 품고, 이분을 농락하려고 하나 보죠?

과부 그래요, 처녀의 정조를 범하기 위해 갖은 수단 방편을 다 쓰며 유혹하지 않겠어요? 그렇지만 우리 집 애는 크게 경계하여, 어떠한 유혹이라도 물리쳐 정조를 지키고 있어요.

마리아나 그렇지 않으면 욕보게 되죠!

과부 봐요, 저들이 옵니다…

군고수(軍鼓手)가 북 치며, 기수들이 앞서고, 플로렌스군이 등장. 버트람, 패롤리스가 먼저 보인다.

저기 저분이 공작님의 맏아드님 앤토니오님이고, 저 분은 에스칼러스님이죠.

헬레나 어느 분이 프랑스 백작님이시죠?

다이애나 (가리킨다) 저분— 모자에 새털을 꽂은 분이에요— 아주 멋쟁이죠. 부인을 사랑한다면 오죽이나 좋겠어요. 좀더 성실하시다면 보다 더 훌륭하실텐데요. 정말 잘 생긴 분이잖아요.

헬레나 참 멋진 분이시군요.

다이애나 그저 품행이 좋지 못한 게 흠이죠. (패롤리스를 발견하여) 그분을 못 쓸 곳에 출입하게 한 자가 바로 저 악당이에요. 내가 만약 그분의 부인이라면 저런 악당에게 독약을 먹이게 하겠다.

헬레나 어느 분이에요?

다이애나 저기 스카프를 한 원숭이예요. 그런데 왜 우거지상을 하고 있지?

헬레나 아마 전쟁에서 부상을 당한 모양이죠.

패롤리스 (투덜댄다) 원, 북을 빼앗기다니! 쯧쯧.

마리아나 뭔가 걱정이 있는 모양이군. 어머, 우릴 알아 봤네 (패롤리스 모자를 벗고 인사한다)

과부 아이구, 뒈져버려!

마리아나 저 중매쟁이가 알랑수를 부리는 꼴이란! (병사들 퇴장)

과부 군인들이 지나갔어요… 자 순례자님, 숙소로 안내해드리리다. 성 제이퀴즈 님에게 참회하러 가시는 분이, 이미 너댓분 제 집에 묵고 계시죠.

헬레나 정말이지 고맙습니다. 아주머니와 이 처녀만 좋으시다면 제가 오늘 밤 식사를 대접하겠습니다. 감사하는 뜻으로 비용은 제가 내겠어요. 그리고 처녀에겐 보답도 하며 유익한 말을 해 드리겠어요.

두 사람 고맙습니다, 그렇게 하세요. (모두 시내 쪽으로 간다)

제6장 플로렌스 군막 앞의 진영

버트람과 프랑스 귀족 두 사람 등장.

귀족2 아닙니다, 백작, 한번 시켜 보시지요. 그 사람이 어떻게 하나 말입니다.

귀족1 그래서 그 자가 비열한 인간이라고 드러나지 않으면, 저를 아무리 능멸하셔도 좋습니다.

귀족2 정말 이 목을 걸고 하는 말씀인데 그 자는 허풍쟁이랍니다.

버트람 그렇게까지 내가 그 자에게 당하고 있단 말인가?

귀족2 아무런 악의도 없이 직접 알게 된 사실을 집안 일로 생각하며 그대로 말씀드리는 겁니다. 그러나 믿어 주세요. 그잔 참으로 비열한이오, 터무니없이 큰 거짓말쟁이입니다. 거기다가 약속을 떡먹듯이 어기는 자죠. 백작께서 신임하시는 그 심덕을 받을만한 점은 전혀 없는 자입니다.

귀족1 그 자의 본성을 잘 아셔야 하는데, 하나도 없는 미덕인데 지나치게 믿으셨다간, 중대한 일이 생겼을 때에는 큰 낭패를 당하게 되실 겁니다.

버트람 그럼 어떤 일을 시켜 그 사람을 시험해 볼 수 있겠소?

귀족1 적에게 빼앗긴 북을 도로 찾아오게 하는 것이 가장 좋은 술책입니다. 찾아올 수 있다고 큰 소릴 탕탕 치니 말입니다.

귀족2 제가 플로렌스 병사들을 이끌고 그 잘 습격하겠습니다. 그 자에겐 적인지 우군인지 잘 분간할 수 없는 병사들만 골라서 하겠습니다. 운신 못하도록 오라를 지워서 눈을 가리고, 우리 막사에 데려다 놓으면, 분명 적진에 붙들려 온 줄로만 여길 겁니다… 그리고 그 자를 심문하게 되면— 백작께서 꼭 입회해 주시기 바랍니다. 비열한이므로 공포심에 질린 나머지 목숨만은 살려 주겠다고 하면, 백작을 배신하고 백작께 불리한 정보를 모조리 털어놓을 겁니다. 신하로서 서약을 깨뜨려 배신한 죄를 영혼이 지옥에 떨어지든 말든 아랑곳하지 않고 말입니다. 만약 제 판단이 빗나가면 앞으로 제 말은 콩으로 메주를 쑨다 해도 곧이듣지 않으셔도 좋습니다.

귀족1 장난 삼아서라도 그 자에게 북을 찾아오게 해 보십시오. 찾아올 묘책이 있다고 뽐내니 말입니다. 그러니 백작께서 그 자를 당조짐하여 그 자가 하는 짓의 그 밑바닥까지 샅샅이 보게 되면 지금까지 보화로 보였던 것이 별 것 아닌 쇠붙이로 탈바꿈하는 것을 지켜보시게 됩니다. 그런 자를 북치기 하듯 패주지 않으신다면 그때 백작의 편애의 눈길이 고쳐지지 못하게 됩니다. 저기 그 자가 옵니다.

패롤리스 등장. 침울하게 보인다.

귀족2 (패롤리스에게 방백) 장난 삼아서라도 그 자가 명예를 걸고 하자는 것을 막지 마십시오. 어떻게든 북을 탈환해 오라고 시키는 겁니다.

버트람 (패롤리스에게) 왜 그러는 거지, 무슈! 북 때문에 몹시 신경이 쓰이는 모양이군.

귀족1 (패롤리스에게) 앗다 객쩍은 소리, 내버려둬요. 기껏 북 하나가 아니오.

패롤리스 "기껏해야, 북 하나라니!" "기껏해 봤자, 북 하나란 말이지"? 그렇게 북을 잃고서! 정말 훌륭한 명령이었다— 기마대를 우리측 양쪽날개에 투입해서 우리 군사들을 결단내게 하였으니 말이오!

귀족1 전투를 지휘하는데 있어서 그런 거야 비난할 수도 없는 일이었어요. 전쟁엔 흔히 있는 불상사니까. 시이저 자신이 지휘를 하였다 하더라도, 그건 피할 도리가 없었을 거요.

버트람 글쎄, 그렇게 된 결과를 비난만 한들 뭘 하겠소. 북을 잃었다는 거야 좀 불명예스런 일이지만, 그렇다구 지금에 와선 도로 뺏어올 묘책도 없잖소.

패롤리스 찾아올 수도 있었지.

버트람 그렇겠지만 지금이야 가망이 없는 일이지.

패롤리스 없기는 왜 없지. 무훈의 영예가 무공을 세운 진짜 공로자에게 주어지는 예가 드문 일인데, 그런 폐습만 없다면, 내가 그 북이든 다른 북이든 빼앗아 오지. 그걸 해 내지 못하면 「여기 고이 잠들다(hic jacet)」라는 것이 되는 거다.

버트람 그런 용기가 있다면 어디 해 보는 거지, 무슈, 너의 그 능숙한 병법으로써 그 명예의 북을 찾아와 본래의 자리에 다시 갖다 놓겠다는 각오가 섰다면, 용기를 내어 단행해 보는 걸세— 난 혁혁한 무훈을 세우려는 너의 결의를 높이 찬양할 것이며, 성공만 한다면 공작각하께서도 칭찬은 물론, 네 공로를 가상히 여기시어 응당한 보상이 있을 걸세.

패롤리스 이 군인의 손에 걸고 실천한다.

버트람 그러나 잠시도 머뭇거릴 수는 없다.

패롤리스 당장 오늘밤에 해치우겠다. 이 어려운 문제를 처리할 방안을 몇 통 기초하지. 그리고 확신을 갖고 용기를 내어 죽음을 무릅쓰는 각오를 하는 거다. 야반까지는 결과를 아시게 될 겁니다.

버트람 공작각하께 너의 이 일을 알려 드려도 좋겠나?

패롤리스 백작, 결과야 어떻게 될지 모르겠다만, 한다는 것은 맹세한다.

버트람 네가 용감하다는 건 잘 알고 있는 바이나— 군인으로서 최선을 다하리라고도 믿고 있네… 그럼, 잘 갔다오게.

패롤리스 난 말수가 많은 건 좋아하지 않아. (퇴장)

귀족2 그야 물고기가 물을 좋아하지 않는다면 말이지… 참 이상한 사나이지. 뻔히 못 해낼 줄 알면서도 해내겠다고 자신만만하게 큰소리치며 덤벼대니 말입니다— 할 마음은 손톱만큼도 없으면서—안 하면 지옥에 떨어져도 좋다면서, 실은 하는 것보다 지옥에 떨어지는 게 좋다는 거지.

귀족1 백작, 당신은 저희들만큼은 그잘 잘 모르십니다. 틀림없이 그잔 사람의 마음을 어루만져 놓고선 한 주일 정도는 눈 가리고 야웅하며 피해 있지만, 일단 본성이 드러나게 되면 누구든 다시는 속아넘어가지 않습니다.

버트람 아니, 그렇게 큰소리를 치고선 꽁무니를 싹 뺄 리가 있겠소?

귀족2 절대로 할 리 만무합니다. 그러나 어떤 구실을 만들어 돌아와선 두세 가지 그럴듯한 거짓말을 늘어놓는 거예요. 그러나 그 사람은 이젠 그물 안에 든 물고기죠. 오늘밤엔 발목이 잡히는 그 자의 꼴을 보시게 될 겁니다. 어쨌든 백작께서 신뢰할만한 위인이 되지 못한단 말입니다.

귀족1 그 여우 놈 껍질을 벗기기 전에 좀 놀려 주자. 놈의 정체를 맨 처음 알아 낸 분은 노 라후 경이셨습니다. 가면이 벗겨지면, 놈이 얼마나 하찮은 송사리인가 보시게 될 겁니다. 그것이 바로 오늘밤이지요.

귀족2 나뭇가지를 가지러 가야겠어요. 놈을 꼭 잡고야 말겠으니까요.

버트람 당신의 형은 내가 데려가리다.

귀족2 그렇게 하십시오. 그럼 가보겠습니다. (퇴장)

버트람 이제 당신을 그 집에 안내하리다. 내가 말하던 그 처녀를 보여 드리지요.

귀족1 매우 순결한 처녀라고 말씀하셨죠.

버트람 바로 그게 탈이란 말예요. 단 한번 말을 걸어 봤는데 톡톡 쏘지 뭐요. 지금 우리가 본색을 깨보려는 바로 그 허풍선이를 보내서, 선물도 보내고, 서한도 보내고 해 봤지만 모조리 되돌아 왔어요. 내가 한 일은 여기까지요… 예쁜 처녀이긴 한데, 한번 만나 보겠어요?

귀족1 네, 그리하겠습니다, 백작. (두 사람 퇴장)

제7장 플로렌스. 과부 집의 한 방

헬레나와 과부 등장.

헬레나 내가 그분 앞에 나서서 나의 이름을 밝혀 내가 만든 계획의 근거를 없애지 않는 한 그래도 내가 바로 그 본인이 아니라고 당신이 의심하신다면 그 이상 증명할 방법이 없습니다.

과부 저도 팔자가 기구해 지금은 이렇게 몰락해 있어도, 본래 그렇게 미천하지 않았으며 이런 일은 해본 적이 없었어요. 그나저나 남에게 뒷손가락질 받을 일은 하고 싶지 않아요.

헬레나 나도 그걸 원치 않아요. 첫째, 백작은 내 남편이라고 믿어주세요. 그리고 아주머니에게만 말씀드린 말은 내 말 한마디 한마디가 다 사실이에요. 내가 부탁드린 대로 도와주신다고 나쁠 것은 조금도 없어요.

과부 그럼 당신을 믿겠어요. 보아하니, 신분이 높으신 분임이 분명하니까요.

헬레나 자, 이 돈지갑을 받아 두세요. 친절하신 도움을 이것으로라도 사게 해 주세요. 그리고 정말 도움을 받고 나면 이보다 몇 갑절 더 사례를 하겠어요……(그녀 돈을 건넨다) 백작은 지금 온갖 감언이설로 댁의 따님을 유혹하여 농락하려고 애를 태우고 있어요. 그러니 결국 따님이 백작의 청을 응낙토록 해 주세요.

그 다음 조치는 우리가 가르쳐 드릴테니까요. 그분은 지금 욕정에 불타고 있으니 따님이 요구하는 거라면 뭣이든 들어 줄 거예요. 백작이 끼고 있는 반지는 선조이래 대대로 사오 대째 전해 내려오는 가보예요. 백작께선 그 반지를 무척 소중히 여기고 있지요. 그러나 지금은 애욕에 눈이 어두워져 있으니 욕정을 채우기 위해선 대수롭게 생각하지 않고 선뜻 내놓을 겁니다. 나중에 아무리 후회하는 일이 있어도 말이에요.

과부 이젠 당신의 속내를 알겠군요.

헬레나 그럼, 이 일이 정당하다는 것도 알아주시는 거죠. 따님께서 말을 들어주는 척하고, 그 반지를 받고선 다음에 만날 약속을 하면 돼요. 그럼 내가 그 시간에 대신 메우면 따님은 순결하게 몸을 지키게 될 거예요. 이 일이 성공하면, 따님 결혼비용으로 이제까지 드린 금액 외에, 삼천 크라운을 더 드리겠어요.

과부 좋습니다, 그럼 내 딸년에게 언제 어디서 이 정당한 속임수를 부려야 좋은지 가르쳐 주세요. 그 분은 밤마다 온갖 악기를 가진 악사들을 데리고 이곳에 와선, 신분이 상응하지도 않는 딸년을 위해 노래를 부르게 한답니다. 우리 집 처마 밑에 못 오도록 아무리 잔소릴 퍼부어도 소용이 없어요. 글쎄, 목숨이라도 건 것처럼 끈덕지답니다.

헬레나 그럼, 오늘밤에 우리들의 계획대로 해 보십시다. 이 일이 잘 되면 그쪽으로선 사심을 품은 건 나빠도 올바른 행위를 하는 셈이 되고, 이쪽으로선 정당한 뜻으로 정당한 행위를 하는 것이니 양쪽 다 죄를 짓는 건 아니에요. 좀 마음에 거리끼는 일이긴 해도요. 그래도 해 봅시다. (모두 퇴장)

제 4 막

이렇게 말하는 사이에 따스한
여름이 올 거예요, 그땐 들장미에 가시
뿐만 아니라 잎도 돋아나겠지요. 그러면 따끔도
하겠지만 꽃향기가 코를 물씬 찌를 거구요…세월이 가면
우리도 되살아 날 거예요. “끝이 좋으면 다 좋아” 예요.
그리고 끝은 면류관이죠. 어떤 험한 길을
가고 나면 명예가 있어요.

-4장 헬레나의 대사 중에서

제1장 플로렌스의 군막 근처의 들판

프랑스 귀족2가 대여섯 명의 병사들을 데리고 잠복하고 있다. 한 병사는 북을 들고 있다.

귀족2 이 생울타리 모퉁이를 돌아서 오는 길밖에 없다… 그러니까 놈을 덮칠 땐 무엇이든 무서운 말투로 지껄이고 고함치란 말이다. 너희들이 모르는 소리라도 괜찮고 아무도 놈의 말을 알아듣는 척해서는 안 된다. 통역할 한 사람을 빼놓고 말야.

병사1 대장님, 저에게 통역을 시켜 주십시오.

귀족2 그 자하고 아는 사이가 아닌가? 네 목소릴 그 자가 알지 않는가?

병사1 천만에요, 조금도 염려 마십시오.

귀족2 그래, 이쪽에 대답할 땐 어떻게 꾸며댈 건가?

병사1 대장님 말씀대로 하죠.

귀족2 우리가 적에게 고용된 외인부대로 알게 해야 돼. 놈은 이 고장의 말을 조금은 알고 있으니까 우린 각자가 제멋대로의 엉터리 말로 씨부렁대야 한다. 서로 지껄이는 소릴 몰라도 상관없다니까, 그저 서로 알아듣는 체 하기만 하면 목적은 이루어진다. 까마귀 소리라도 괜찮으니 까아까아대면 된단 말이다. 통역인 자넨 아주 요령 있게 해야 돼. 자, 숨어라! 놈이 온다— 놈은 필경 두 시간 동안 늘어지게 자고선, 돌아가서 거짓말을 개어올릴 속셈일 거다.

패롤리스 생울타리를 따라서 등장.

패롤리스 흥, 열시다 , 이제 세 시간만 지나면 돌아가도 괜찮을 시각이다. 그런데 어떤 일을 했다고 우겨대지? 감쪽같이 속아넘어갈 거짓말을 꾸며야겠는데. 놈들이 날 의심하고 있다. 그래서 그런지 요즘에는 창피스런 일이 내 문을 두들겨 들어오려고 한단 말야… 내 혓바닥은 무모하게 담 크게 소리 치지만, 내 심장은 군신 마르스와 그 패거리들에게 겁을 먹고 있으니, 혓바닥이 조잘댄 것을 실행할 용기는 눈꼽뎅이만큼도 없거든.

귀족2 (방백) 이제야 네 놈의 혓바닥이 죄지었다고 실토를 한다.

패롤리스 안될 줄 뻔히 알뿐만 아니라, 해볼 생각도 없으면서 어느 악마에게 부추김 당한다 해서 북을 되찾으러 간담. 그래 내 몸에 몇 군데 상처를 내서 싸우다가 다쳤다고 해야지… 그러나 작은 상처로선 쉽게 먹혀들지 않을 거다. "고까짓 상처로 말이 되느냐?" 고 핀잔만 들을 테니 말야. 그렇다고 큰 상처는 입는 건 질색이다. 그럼 뭐라고 말하고 어떤 것을 증거로 내놓지? 혓바닥아, 널 빼어서 버터장사 계집의 아가리에다 처넣어 주고 싶다, 그 대신 혀가 없는 바자젯트 노새라도 한 마리 사야겠다, 네놈이 재잘거려서 날 이런 곤경에 빠뜨렸으니 말이다.

귀족2 (방백) 자기 꼴이 저렇다고 잘 알면서 그러고도 그 자기 꼴을 유지하고 있단 말이냐?

패롤리스 이 옷을 찢던가, 내 이 스페인 검을 부러뜨려서, 말발이 섰으면 좋겠다.

귀족2 (방백) 그렇게 하게 하지는 않는다.

패롤리스 그렇지 않으면 턱수염을 싹 밀어 버리고, 책략 때문에 그렇게 한 것이라고 말할까?

귀족2 (방백) 누가 호락호락 넘어갈 줄 알아.

패롤리스 옳지, 옷을 물 속에 패대기쳐 버리고 홀랑 발가벗겨졌다고 말할까?

귀족2 (방백) 그래봤자, 소용없지.

패롤리스 성채의 창에서 뛰어내렸다고 맹세하면—

귀족2 (방백) 물깊이는?

패롤리스 서른 길

귀족2 (방백) 칼을 물고 세 번 맹세한들 누가 믿을까.

패롤리스 적의 북이라면 뭣이든 좋다. 그럼, 탈취했다고 큰소릴 칠 텐데.

귀족2 (방백) 적의 북소릴 곧 들려주마.

패롤리스 이젠 적의 북이다— (그들 북을 치며 달겨든다)

귀족2 스로카 모부서스, 카르고, 카르고, 카르고.

일동 카르고 카르고 카르고 빌리안다 파르 코르보, 카르고.

패롤리스 오! 돈을 주겠다고, 석방 금을 내 놓으리다! 눈을 가리지 마시오. (그들이 그를 붙잡아 스카프로 눈을 가린다)

병사1 보스코스 스로물도 보스코스.

패롤리스 당신들은 무스코스 연대의 용사들이군. 말이 통하지 않으니 목숨을 잃게 되겠다. 독일이나, 덴마크, 저지대 네덜란드, 이탈리아, 프랑스 분이 계시면 말해 보시오. 플로렌스 쪽을 쳐부실 비밀을 가르쳐 주리다.

병사1 보스코 보바도— 네 말 알아듣는다, 네 나라 말도 할 줄 안다. 케렐리본토, 이봐, 기도를 해, 열일곱 자루의 단검이 네 가슴을 겨누고 있다.

패롤리스 아!

병사1 아, 기도를 해, 기도, 기도를! 만카 레바니아 둘체.

귀족2 오스코르비덜쳐스 볼리보르코.

병사1 장군께서 너를 살려 줄 수 있다고 하셨다. 눈을 가린 채 데리고 가서, 너의 정보를 들어보시겠다고 했다. 정보 내용에 따라서 목숨을 살릴 수 있을지도 모른다.

패롤리스 아이구, 제발 목숨만 살려 주십시오! 우리 진중의 비밀이란 비밀을 몽땅 말씀해 드리겠습니다요. 병력도 작전계획도 아니, 여러분이 깜짝 놀랄만한 것을 고해 바치겠소이다.

병사1 거짓말을 안 하겠지?

패롤리스 거짓말을 하거든 이 목을 쳐도 좋습니다.

병사1 아코르도 린타. 자 가자, 잠시동안만 살려준다. (통역병과 병사들이 패롤리스를 압송하며 퇴장. 북소리가 안에서 들려 온다)

귀족2 (병사 2에게) 로실리온 백작과 내 형한테 가서 그 누런 도요새를 잡았는데, 지시가 있을 때까지, 눈을 가려 두겠다고 말씀드려라.

병사2 그렇게 하겠습니다, 대장님.

귀족2 그잔 아군의 비밀을 모조리 우리들에게 누설할 테지— 이쪽을 적으로 알고요.

병사2 그리 전하겠습니다.

귀족2 그때까지 눈을 가려서 잘 가둬 둬라. (모두 퇴장)

제2장 플로렌스. 과부 집의 한 방

버트람과 다이애나 등장.

버트람 당신의 이름이 폰티벨이라고 들었는데.

다이애나 아네요, 백작님, 다이애나라고 합니다.

버트람 고귀한 여신의 이름이군요! 당신의 이름은 그만한 가치가 있어요, 아니 그 이상일 거요… 하나 아름다운 여인이여, 그렇게 아름다운 용모인데 사랑을 모르는가? 당신 가슴속에 청춘의 불길이 타오르지 않는다면 당신은 처녀가 아니고 하나의 비석에 불과하지. 당신은 죽으면 지금의 당신과 다름없이 될 거구, 그렇게 차디차고 엄숙하니까. 사랑스런 당신을 뱄을 때의 당신의 어머님처럼 되란 말이오.

다이애나 그때에 어머님은 정숙했어요.

버트람 당신 역시 그렇소.

다이애나 아니에요, 어머닌 다만 본분을 다했을 뿐이에요— 백작님께서 부인께 해야할 의무와 꼭 같은 걸.

버트람 그 얘긴 그만 합시다. 제발 부탁이니 맹세를 깨뜨리지 않게 해주오. 난 강제로 결혼 당한 거요, 그러나 당신을 사랑하는 것은 사랑하지 않고선 견딜 수 없으니까 사랑하는 거요. 언제까지나 변치 않고 당신을 위한 일이라면 무슨 일이라도 하리다.

다이애나 그러시겠죠, 우리들이 소용될 때까진 말예요, 그러나 장미꽃을 꺾은 후엔 우리들을 찌를 가시만 앙상하게 남게 해놓고선, 꽃의 색향을 잃었다고 비웃으시겠죠, 뭐.

버트람 내가 그토록 맹세하지 않았는가!

다이애나 골백번 맹세를 하셨다고, 진실한 건 아니죠. 진정한 맹세는 한번이라도 충분해요. 우리들은 신성하지 않은 것에는 맹세할 필요가 없어요, 천상의 지고(至高)하신 분을 증인으로 삼는 답니다. 그러니까 부디 말씀 좀 해 보세요, 만약에 제가 조오브신을 걸고 백작님을 열렬히 사랑한다고 맹세하고선, 실은 속으로 악의를 품고 있어도 제 맹세를 믿으시겠어요? 그렇지는 않겠지요, 아무리 신에 두고 맹세를 하더라도 겉 다르고 속 다르다면 어찌 믿을 수 있겠어요. 그러니 백작님의 맹세는 말씀뿐이에요, 도장 찍히지 않은 증서와 같아요, 적어도 저는 그렇게 생각해요.

버트람 그런 생각은 바꾸어요, 바꾸래두. 그렇게 신성한 척하며, 잔인한 소릴 해선 안되오. 사랑은 신성한 것이오, 그리고 난 성실해. 당신이 비난하는 사내들의 사랑의 꾀임수를 난 조금도 모르오… 너무 외면하지 말고, 당신을 죽도록 사랑하는 내 품으로 달려 들어와요. 그럼 난 산 보람을 느낄 거야. 내 님이 돼 주겠다고 말해줘요, 내 사랑은 영원히 변치 않아요.

다이애나 (방백) 사내들이란 여잘 나꿔채기 위해 어살을 쳐 놓는단 말야. 그럼, 그 반지를 제게 주세요.

버트람 내 빌려주지. 나로서야 주어 버릴 순 없는 것이니.

다이애나 주시지 못하겠단 말씀이시군요?

버트람 이건 조상 대대로 전해 내려오는 가보요. 내가 이걸 잃어버리게 되면 그 이상 불명예스런 일은 없을 거요.

다이애나 제 명예도 그 반지와 같아요. 제 정조도 저의 집에 조상 대대로 전해 내려오는 보석이에요. 제가 그걸 잃어버리는 날이면 저에게 있어 그 이상 불명예스런 일이 없어요. 이처럼 백작님 자신의 말씀이 제 명예를 지켜주는 기사 격이 돼 주시는군요. 그러니 이젠 쳐들어오셔도 소용없어요.

버트람 자, 반질 가져가요. 내 가문도, 내 명예도, 아니, 내 목숨까지도 이젠 당신 것이오. 당신 시키는 대로 하리다. (그녀 반지를 가져간다)

다이애나 자정이 되거든 제 들창 문을 두드려 주세요. 어머니한테 들키지 않도록 해 두겠어요. 그런데 꼭 한가지 지켜주실 것이 있어요. 저의 처녀성을 꺾었을 때는 꼭 한시간만 있다가 가셔야 해요. 그리고 한 마디도 말씀을 하시지 마세요. 여기엔 중요한 까닭이 있어요. 그 사유는 이 반지를 돌려 드릴 때, 알려드리겠어요. 오늘밤엔 백작님, 손가락에 다른 반지를 끼워 드리겠어요. 두고두고 우리의 사랑을 기념하도록 말예요. 그럼 그때까지 안녕히 계세요. 언약을 꼭 지키셔야 돼요. 백작님은 아내를 얻게 되겠지만 저의 희망은 끝나

버리는 거예요.

버트람 당신을 얻게되니 난 이 지상에서 천국을 얻은 셈이오!

다이애나 (독백) 그럼, 오래오래 사셔서 하늘과 저에게 감사하세요! (버트람 퇴장)

결국 그렇게 될 거다. 어머니가 내게 가르쳐 주셨다, 그분이 어떻게 구애해올 것인지를 마치 그분 마음속에 들어갔다 나오신 것처럼. 어머님 말씀이, 사내란 모두 꼭 같은 맹세를 한다지 뭐야. 그 분은 부인이 돌아가시면 나와 결혼을 하겠다고 맹세했겠다. 그러니 나는 죽어서 무덤 속에 가서야 동품하게 될 거다. 프랑스 사람은 말재주가 좋으니 결혼을 하겠다해도, 난 평생 처녀로 살다가 죽는 거지. 이번 일은 상대방의 속셈이 흉측한 것이니까, 내가 속여도 죄가 되진 않을 거야. (퇴장)

제3장 플로렌스 진영의 군막

프랑스 귀족 두 사람과 2, 3명의 병사들 등장.

귀족2 백작에게 보내 온 자당의 서한을 아직 전하지 않았는지?

귀족1 한시간 전에 전했다구. 무언가 그의 마음 찌르는 사연이 있는 것 같아. 서한을 읽고 나더니, 사람이 생판 달라졌으니 말야.

귀족2 그렇게 부덕이 있고 사랑스런 부인을 팽개쳤으니, 핀잔을 받아 마땅할 거야.

귀족1 특히 영구히 폐하의 진노를 사게 된 것이 큰 일이지. 폐하께서는 백작이 행복을 누리도록 큰 은총을 베푸셨지만. 내 한 마디 할 말이 있는데, 자네가 절대로 입밖에 내서는 안돼.

귀족2 말이 끝나면 그 이야긴 안들은 셈치고 내 마음속에 꼭 묻어 두지.

귀족1 백작은 이 플로렌스에서도 정숙하기로 호가 난 젊은 처녀를 유혹했다지 뭔가. 오늘밤에 그 처녀의 순결을 범해 욕정을 채우기로 된 모양이야. 대대로 내려오는 반지까지 주고, 음란한 약속을 얻어내는 데 성공했다고 입이 헤벌어졌다더군.

귀족2 신이여, 그런 모반이 저희들 마음속엔 생기지 않도록 지켜 주소서! 신의 가호가 없으면 우리 꼴이 어떻게 될지 모르겠습니다!

귀족1 자기 자신에 대한 반역이 되는 것 밖에는 안 돼. 모든 배반자들처럼 결국은 본색이 드러나 처절한 최후를 마치게 될 테지. 백작께서도 그 자신의 고귀함을 해치는 소치를 범한다면 끝내는 패가망신하게 될 걸.

귀족2 자기의 부정한 속셈을 되바라지게 나발부는 건 지옥에나 빠질 일이 아니겠나? 그렇게되면 오늘밤엔 그 양반 오지 않을 걸.

귀족1 자정이 지나기까진 안될 걸요. 약속에 얽매어져 있으니까.

귀족2 곧 자정이 된다. 그 부하녀석을 그분 앞에서 까뒤집어 보여 주고 싶다. 그런 발칙한 놈을 귀중한 옥돌처럼 생각해 온 자신의 분별력을 생각해보게 말이다.

귀족1 백작이 오실 때까지 놈을 내버려두자. 백작이 나타나기만 해도, 놈에겐 졸가리 부러지는 일이 될 테니까.

귀족2 그건 그렇고, 전쟁에 관해서는 소식을 들은 바가 있는지?

귀족1 평화교섭이 진행되고 있다고 하던데.

귀족2 아니, 이미 화의(和議)가 성립됐어.

귀족1 그럼, 로실리온 백작은 어떻게 될까? 더 오지로 떠날까, 아니면 프랑스로 돌아갈까?

귀족2 그렇게 묻는 걸 보니, 그의 상담역이 아닌 것 같아.

귀족1 그런 일 알고 싶지도 않아. 그가 하는 짓을 알아서 뭘 한담.

귀족2 실은 말야, 그의 부인이 약 2개월 전에 가출했대, 성 제이퀴즈 르 그랑드 교회를 참배하려는 구실로. 이 신성한 일을 매우 엄숙히 마친 후, 그곳에 머물러 계셨는데, 천성이 부드러운데다 원래 심약한 분이라 그만 슬픔에 시달리다가 결국 숨을 거두고 말았대. 아마 지금쯤은 천국에서 노래를 부르고 있을 테지.

귀족1 그게 어떻게 증명되나?

귀족2 부인의 서한에 의해 돌아가시기 직전까지의 진상의 주요한 부분은 확인되었다고. 죽었다는 소식이야 본인이 말할 수 없는 거지만, 그 고장의 교구사제가 보증해주더군.

귀족1 백작은 그 소식을 다 알고 있을까?

귀족2 암, 하나하나 문제에 대해 믿을만한 확증까지 다 얻고 있는걸. 충분히 사실이라고 믿는 것 같았어.

귀족1 그 소식을 듣고도 기뻐하고 있다고 생각하니, 정말 서글프기 짝이 없군.

귀족2 인간이란 큰 손실을 보면서도 되려 기뻐하는 수가 있다니!

귀족1 또 어떤 땐 득을 보면서도, 눈물 속에 슬퍼하는 수도 많지! 이곳에서 그의 무공으로 얻게된 큰 명예도, 본국에 돌아가면 꼭 같은 정도의 치욕으로서 상쇄되고 말걸.

귀족2 우리 인간의 일생은 선과 악으로 교직된 것이며 우리의 덕이 잘못을 저지르고도 매맞지 않는다면, 더욱 거만해질 것이며 덕으로 감싸주지 않는다면, 죄악도 절망으로 빠져버릴 테지.

하인 등장.

웬 일이냐! 네 주인께선 어디 계시냐?

하인 나리께서 거리에서 공작님을 만나 뵈시고, 작별인사를 드리셨습니다. 나리께서 내일 아침에 프랑스로 출발하실 예정이시며 폐하께 올릴 공로장도 공작님으로부터 받았답니다.

귀족2 아무리 치사를 늘어놨어도 별 효과가 없을 거다.

귀족1 그 공로장이 아무리 달콤해도 폐하의 심드렁한 기분을 돌릴 수는 없을걸.

버트람 등장.

저기 오신다. 웬 일이십니까? 자정이 이미 넘지 않았습니까?

버트람 오늘밤에, 한 달이나 걸려야 할만한 일을, 열 여섯 가지나 단숨에 해치워 버렸어요. 한 일들을 챙겨보면, 공작님에게 작별인사를 드렸고, 그분과 가까운 일가친척들께도 고별인사를 드렸고, 죽은 아내도

매장하여 애도를 표했고, 모친께는 귀국을 알리는 서한을 썼으며, 짐꾼을 구해 놓았구. 이들 큰일 외에는 자질구레한 일도 많이 처리했지. 맨 마지막에 할 일이 제일 중요한데, 그건 아직 끝내지 못했지만.

귀족2 만약에 그것이 어려운 일이라면, 날이 밝으면 여길 떠나야 하실 텐데 무척 서두르시어야 하겠습니다.

버트람 후에 듣게 되면 곤란할 것 같아 서지, 아직은 끝나지 않았단 말이오… 그런데 그 어릿광대와 병사간의 문답을 어디 들어봅시다. 자, 그 엉터리 표본 같은 녀석을 이리로 끌고 오라고해요. 코에 걸면 코걸이, 귀에 걸면 귀걸이 식으로 짓거리는 예언자같이 날 속여 온 녀석을 말요.

귀족2 (병사에게) 그 자를 끌어내 오너라. (병사 퇴장)

밤새껏 족쇄를 채워 놨죠, 엉뚱한 녀석이라.

버트람 상관없소, 욕 좀 봐야지. 오랫동안 그럴 수도 없는 놈이 박차를 끼고 속여 온 터라. 그래 지금 어떻게 하고 있어요?

귀족2 이미 말씀드린 대로 족쇄를 채워 놓았답니다. 좀 자세히 말씀드리자면, 우유통을 엎지른 계집아이처럼 울었습니다. 병졸인 모오건을 신부로 알고, 고해를 하지 뭡니까. 철이 들기 시작해서부터 족쇄를 차게 된 이번 재난에 이르기까지를 모조리 뱉어 놓았답니다. 고백한 내용이 무엇인지 짐작하시겠습니까?

버트람 그런데 내 말은 하지 않던가요?

귀족2 놈의 고백은 모조리 기록되어 있으며 그놈 면전에서 읽겠습니다. 백작님에 관한 말씀이, 틀림없이 있으리라고 생각합니다만, 참고 들어주시기 바랍니다.

병사들이 패롤리스와 통역병을 대동하고 등장.

버트람 참, 꼴 좋군 그래! 눈까지 가려지고! 저런 녀석이 내 얘길 하려고.

귀족1 쉬! 쉬! 장님놀이의 술래가 나타났군! 포토타르타로사.

통역병 (패롤리스에게) 고문하라고 하신다. 고문을 안 해도 술술 불겠는가?

패롤리스 아는 건 한치도 빠짐없이 다 불겠습니다. 사지를 꼭꼭 죄이면 아파서 말도 못하게 됩니다.

통역병 보스코 치머르초.

귀족1 "보블리빈도 치커르머르코"

통역병 장군님은 인자하시다… 이봐, 장군님께선 내가 서면으로 묻는 말에 대답하라고 하신다.

패롤리스 바른 대로 말씀드리겠습니다, 살고 싶으니까요.

통역병 (읽는다) "첫째 공작의 기병대의 병력을 물어봐라"— 너의 답은 뭐냐?

패롤리스 오륙 천이 됩니다만 아주 무력하고 아무데도 쓸모가 없습니다. 병력은 이리저리 흩어져 있고, 장교들도 보잘것없는 자들입니다. 소인의 명예와 신용을 걸고 말씀드리는 겁니다, 살고 싶으니까요.

통역병 너의 대답을 그대로 기록해도 좋겠는가?

패롤리스 좋다 뿐이겠습니까, 맹세하지요, 어떻게 쓰시든 마음대로 하십시오 (통역병, 기록한다)

버트람 저런, 그래도 입정은 살아서. 염병 앓다 뒈질 놈 같으니라구!

귀족1 백작님, 그렇지 않습니다, 저 자는 자칭 천하의 병술가인 무슈 패롤리스이며— 본인의 말에 의하면— 어깨띠의 매듭에 병법의 모든 이론이 담겨 있으며, 단검 끝 씌움 쇠에는 그 실천의 증좌가 있다고 합니다.

귀족2 앞으론 검을 깨끗이 지닌다고 해서 그 사람을 신뢰하거나, 의관을 말쑥히 갖추었다고 해서, 무엇이든지 해 낼 수 있는 사내라고 믿지도 말아야겠습니다.

통역병 (고개를 쳐든다) 음, 그대로 적었다.

패롤리스 오륙천 마리라고 말씀드렸습니다만— 정직하게 말씀드리고자 하오니— 대략 그 정도라고 적어주십시오. 입은 삐뚤어져도 피리는 바로 불고 싶다니까요.

귀족1 그러면 거의 사실 같구나.

버트람 그러나 고맙다고는 할 수 없군, 얘기가 얘기이니만큼.

패롤리스 보잘 것 없는 놈들이란 말도 그대로 적으시었나요?

통역병 암, 그대로 적었지.

패롤리스 고맙습니다— 사실이 사실이거든요— 그 자들은 그야말로 보잘 것 없는 쓰레기들이죠.

통역병 (읽는다) "보병의 병력은 얼마나 되는가, 심문하라" 네 대답은?

패롤리스 당장 목이 떨어지는 한이 있더라도 사실대로 말씀드리죠. 가만있자 — 스푸리오가 백 오십명, 세바스천이나 코람버스도 그리고 제이퀴즈도 그 정도고, 길티언, 코스모, 로도위크, 그리티아이는 각각 이백 오십명, 나의 중대와 치토퍼어, 보몬드, 벤타이도 각각 이백 오십명. 썩은 놈들 성한 놈과 통틀어서도 진정인즉 만 오천 마리 이상은 안될 겁니다. 그 중 반수는 외투 위의 눈을 털기도 무서워하는 놈들이죠, 몸뚱어리가 산산조각이 날까봐서요.

버트람 (귀족 1, 2에게) 저놈을 어쩌면 좋겠담?

귀족1 별수 없지 않습니까, 수고했다고 하면 되죠. (통역병에게) 얘길 물어봐라. 내가 공작에게 얼마나 신임 받고 있는지?

통역병 물론 적어 놓았죠. (읽는다) "프랑스인인 듀메인이란 대장이 진중에 있는지 없는지 물어봐라. 그 사람에 대한 공작의 신임은 어떠하며, 그가 어느 정도 용감하며, 정직하며, 병술에 능통한지, 그리고 적지 않은 돈으로써 그를 매수하면 그가 반란을 일으킬 수 있는지 물어봐라" 아는 대로 말해봐라. 뭘 알고있는지?

패롤리스 한 조항 한 조항씩 답하도록 해 주십시오.

한 가지씩 물어 봐주세요.

통역병 듀메인 대장이란 자를 아느냐?

패롤리스 알다 뿐이겠습니까. 본래 파리에서 양복 수선하는 집의 수습공으로 있었는데, 그 가게에서 내쫓겼죠. 그건 말이에요, 돈 한푼 없는 천치 벙어리여자에게 임신을 시켰기 때문에 매를 맞고서— 직사하게 얻어맞고 내쫓겼죠. (듀메인이 막 패롤리스를 매질을 하려 한다)

버트람 안돼, 제발 손찌검은 마세요. 그 사람의 머리통엔 당장 기왓장이 떨어져 박살이 날 테니까요.

통역병 그런데 그 대장은 지금 플로렌스 공작의 진중에 있는가?

패롤리스 틀림없이 있습니다. 야비한 위인이죠.

귀족1 (버트람에게) 아니, 제 얼굴을 그렇게 보지 마십시오. 곧 백작의 차례니까요.

통역병 공작은 그 사람을 어떻게 생각하고 있는가?

패롤리스 공작은 그 잘 저의 하급부하로 밖엔 생각지 않아요. 요 며칠 전만 해도 저에게 그 자를 내쫓으라는 전갈이 왔다구요. 아마 그 서한이 저의 호주머니에 들어 있을 겁니다.

통역병 그럼, 뒤져봐야겠다. (그는 뒤진다)

패롤리스 곰곰이 생각해보니 알송달송합니다요— 호주머니 속에 들어 있는지, 공작의 다른 서한과 함께 저의 군막 안의 제 서한철에 꽂아 놔 뒀는지.

통역병 여기 있다. 여기 서한이 있다. 이걸 읽어줄까?

패롤리스 그건 다른 서한인지도 모르겠는데요.

버트람 (방백) 통역병 솜씨가 무척 능란하다.

귀족1 대단한 솜씨군요.

통역병 (서한을 읽는다) "다이애나여, 그 백작은 팔푼 짜리이지만 돈은 많아요"—

패롤리스 그건 공작님의 서한이 아닙니다요. 플로렌스의 다이애나란 훌륭한 처녀에게 보내는 충고의 서한이에요. 로실리온 백작이라는 어리석고 주책없는 애송이의 꾐수에 넘어가지 않도록 말입니다. 그 사람은 색정에 눈이 빨개져 사족을 못쓰는 자거든요. 제발 그 서한을 도로 돌려주세요.

통역병 아니, 내가 먼저 읽어 봐야지?

패롤리스 솔직히 말씀드립니다만 그 서한은 그 처녀를 위해 쓴 겁니다. 그 젊은 백작은 위험하기 짝이 없고 음탕한 사람이에요. 그녀에겐 마치 고래 같아요. 눈에 띄기만 하면 작은 물고기들을 마구 삼켜 버리거든요.

버트람 (방백) 저런, 급살을 맞아 죽을 놈아!

통역병 (읽는다) "그가 맹세를 하거들랑 금화를 던지라고 해서 받아두오. 그잔 남에게 차용한 것은 절대로 갚지 않는 자니라. 잘 맺은 언약은 반은 이루어진 셈이니 언약을 잘 해둘 일. 그잔 나중에 전혀 갚지 않는 자라 먼저 받아 두는 것이 상책이지. 다이애나여, 한 군인이 그대에게 이렇게 말하는 것을 알아둬요. 어른들과는 상종해도 괜찮지만, 아이들하고 입맞추어서는 못써요. 한번 더 말해 두지만 그 백작은 멍청이인데다가, 미리 지불은 하지만, 하늘이 두 조각나도 지불하지 않는 자니라. 그가 그대 귀에 맹세를 하듯이 똑같이 그대의 것이 된다. 패롤리스로부터"

버트람 그 시를 그 자 이마빡에 붙여서 군막 안을 끌고 다니며 회술래를 시켜야겠다.

귀족2 (방백) 이 자가 바로 백작의 절친한 친구요, 여러 나라 말을 하는 언어학자요, 병법에도 능통한 군인이 아닌가.

버트람 난 고양이만 아니라면 다 참고 지냈는데 저 자가 바로 내겐 그 고양이오.

통역병 (패롤리스에게) 야, 장군의 안색을 보니, 아마 넌 교수형을 면치 못할 것 같다.

패롤리스 제발, 목숨만 살려 주십시오! 제 목숨이 아까워서 그런 것은 아닙니다. 하도 많은 죄를 지어서, 참회하며 여생을 보내고 싶어서입니다. 지하 감옥에 처넣어도 좋고, 족쇄를 채워도 좋고, 무슨 형벌을 받아도 좋으니, 제발 목숨만 살려 주십시오.

통역병 하나도 숨김없이 자백한다면 혹시 살아날 방법이 있게 될지도 모른다. 그럼 다시 한 번 듀메인 대장에 관해서 묻겠다. 공작의 신임이라든가, 용기에 관해서는 이미 대답했으니, 그 점은 됐고, 그분의 정직성은 어떠한가?

패롤리스 수도원에서라도 달걀을 훔쳐낼 위인이지

요. 강간, 겁탈 솜씨는 반인반수(半人半獸) 네서스를 빰칠만한 작자구요. 맹세 따위는 아예 지키지 않는다고 큰소리치며 거들먹대고. 맹세를 깨뜨리는 세도야 허큘리스보다 더 강할 겁니다. 거짓말을 해도, 어떻게나 그럴 듯하게 잘 하는지, 진실이 바보처럼 여겨질 정도죠. 고주망태로 술 취하는 것이 그 자의 으뜸가는 미덕이랄까요. 돼지처럼 마셔대고 골아 떨어지니 별로 해는 끼치지 않지만 잠자리의 홑청을 더럽히는 것이 탈이죠. 모두들 그 자 버릇을 알고 있기 때문에 지푸라기 위에 패대기쳐서 재운답니다. 그 자의 정직성에 관해선 이 이상 더 할말이 없습니다— 정직한 사람이 가져서는 안될 점은 몽땅 갖고 있으며 정직한 사람이 마땅히 가져야 할 점은 하나도 갖고 있지 않죠.

귀족1 지금 얘길 들으니, 슬그머니 놈이 좋아진다.

버트람 당신의 정직성에 대한 설명 때문인가요? 주리를 틀 놈! 내겐 놈이 점점 더 고양이 같기만 하다.

통역병 전쟁에서 병법은 어떠한가?

패롤리스 고작해야 잉글랜드 유랑극단의 선두에 서서, 북이나 쳐주었어요. 저는 원래 거짓말을 하기 싫어합니다, 군인으로서의 자격에 관해선 더 깊이 모르겠습니다만, 잉글랜드에서 장교가 되어서 마일엔드라는 시민병 훈련장에서 "이열종대로 서라!"는 것을 지시하는 명예 역을 맡은 적이 있었다고 합니다. 그 자에 관해 더 명예를 표창해 주고 싶지만, 아는 것이 이런 것뿐이라 도리가 없군요.

귀족1 그잔 악당치고도 유별난 자라 희귀한 점에서 그를 구제하는군요.

버트람 빌어먹을 놈, 암만해도 고양이라구.

통역병 물어볼 것도 없이 그렇게 값싼 사나이라면 돈으로 매수하면 모반이라도 일으킬 수 있다는 말이렷다.

패롤리스 동전 한 푼만 주면, 영혼 구제의 손길이고, 상속권이고 뭐고 죄다 팔아 버릴 것이니 자손대대가 고린 전 한푼도 상속받지 못하게 해버릴 자입니다.

통역병 그 사람의 동생에 또 한 사람 듀메인 대장은 어떠냐?

귀족2 (독백) 왜 내 애길 묻는 건가?

통역병 그 사람은 어떻냐구?

패롤리스 한 둥지에서 자란 까마귀죠, 좋은 일에는 형보다 못하고, 악한 일에는 훨씬 뛰어나죠. 겁 많기로도 형이상이에요. 형도 겁 많기론 조명이 났지만요, 글쎄 형은 후퇴할 땐 하인보다 재빨리 달아나고, 전진한다고 치면 대뜸 경련이 일어난다니까요.

통역병 목숨을 살려 주면 플로렌스의 공작을 배반할 건가?

패롤리스 네, 기마대장, 로실리온 백작도요.

통역병 넌지시 장군님에게 여쭈어 의중을 알아보겠다.

패롤리스 (방백) 다신 북 치지 않을 테다. 염병할 북이란 북은 몽땅 썩어 문드러져라. 그저 잘 보이려고 저 색정에 눈먼 젊은 백작을 속여 버리려다가 이 곤경에 빠졌단 말이다. 하나 내가 생포된 그런 곳에 복병이 있을 줄이야 누가 꿈엔들 알았으리?

통역병 이놈, 어쩔 도리가 없군. 죽어줘야겠어. 장군께서 말씀이 넌 자기 군대의 비밀을 누설한 반역자이며, 고결하다고 일컬어진 분들을 험하게 악평하였으니 살려둔들 아무짝에도 쓸 수 없다신다. 그러니까 넌 만부득이 죽어야만 되겠어. 망나니, 이리 와서 이 자의 목을 쳐라!

패롤리스 오 하느님, 절 살려주십시오. 아니면 제 죽는 꼴이라도 보게 해 주십시오!

통역병 그래, 보게 해 주마. 친구들에게 작별인사나 하지… (눈가리개를 뗀다) 자, 주위를 살펴봐. 그래, 아는 분이 있나?

버트람 안녕히 주무셨소? 고상한 대장나리.

귀족2 (조롱조로) 안녕하시오. 패롤리스 대장.

귀족1 여, 반갑소이다, 고상한 대장.

귀족2 대장, 라후 경에게 전할 말씀은 없습니까? 난 이제 프랑스로 돌아가게 됐답니다.

귀족1 대장, 로실리온 백작을 위해서 다이애나에게 써 준 소네트의 사본을 한 장 주시기 않겠습니까? 내가 겁쟁이만 아니라면 힘으로 빼앗을 수도 있으련만. 자, 잘 있어요. (버트람과 귀족들 군막을 떠난다)

통역병 결국 당하셨군요, 대장. 그래도 그 스카프는 무사하고요— 아직 그 매듭도 그냥 있는 거구.

패롤리스 책략에 말려들면 누군들 망신을 안 당하겠어요?

통역병 당신만큼 수치를 당한 여자들만이 살고 있는 나라를 찾아보는 거지. 그곳에 가면 염치없는 나라를 세워서 그 나라의 왕이 될지도 모르지. 그럼 잘 있거라. 나도 프랑스로 간다. 거기서 네 얘기나 하리다. (퇴장)

패롤리스 그래도 고마운 일이지. 내가 염치가 있다면 심장이 이 치욕으로 터지고 말았을 걸… 이젠 대장이고 나발이고 다 집어치우겠다. 그리고 잘 먹고 마시고, 대장처럼 편안히 자는 거야. 그저 타고난 그대로 살아가야지. 스스로 허풍쟁이로 아는 자는 조심해야한다. 제가 아무리 허풍을 떨더라도 언젠가는 꼭 들통이 나서 바보가 되고 말 테니까 말이다. 검이여, 녹슬어라! 붉어진 뺨이여, 냉정을 찾아라! 패롤리스는 치욕 속에서 편히 살리라! 바보 꼴이 됐다면 바보답게 번창할 것이다! 사람이란 살만한 장소와 살아갈 도리는 있게 마련이다. 저자들 뒤를 따라가자. (퇴장)

제4장 플로렌스. 과부 집의 한 방

헬레나, 과부 및 다이애나 등장.

헬레나 제가 한 일이 두 분께 폐가 될 것이 없다는 걸 충분히 증명하기 위해서 이 기독교 세상에서 가장 위대하신 분을 제 보증인으로 삼겠어요. 내 소원을 이루기 위해서는 아무래도 그분의 옥좌 앞에 부복을 해야겠으니까요. 생명에 관한 중대한 일을 어명대로 보살펴 드린 일이 있었어요. 타르타르인의 돌 같은 가슴 속에서도 감사의 정이 솟구쳐 고맙다고 할 만한 일을 해 드렸어요. 폐하께서는 지금 마르세이유에 체재 중이시라는 소식을 들었어요. 거기로 가는데는 좋은 배편도 있다고 들었습니다… 아시다시피, 이 몸은 이미 죽은 걸로 되어 있지 뭐예요. 군대가 해산되면 내 주인양반은 고향으로 서둘러 가실 거예요. 하늘의 도우심 아래 인자하신 폐하의 윤허만 얻게 되면 만나고 싶어하는 그분보다 먼저 프랑스에 닿을 거예요.

과부 부인, 우리 모녀는 어느 하인 못지 않게, 기꺼이 순종하는 충복이 되겠어요.

헬레나 나도 그래요. 아주머니의 친절에 보답하기 위해 어느 친구 못지 않게 있는 힘을 다 하겠어요. 진정 하늘의 뜻이었어요. 내가 따님의 결혼 지참금을 마련해드리게 되고, 따님의 수단으로 내가 내 남편을 되찾는 도움을 받은 거 말이에요. 참, 남자란 이상도 해요. 그토록 미워하던 사람을 그렇게 어여쁘게 대해 줄 수 있다니 말예요. 칠흑같이 어두운 밤에 눈이 멀어서, 암흑도 무색할 정도로 욕정의 불꽃을 튀기니! 색정이란 그런 건가 봐요. 사람이 바뀐 줄도 모르고, 역겨워하던 사람을 그렇게도 애무하다니 이 얘긴 나중에 또 하기로 해요… 그리고 다이애나 아가씨, 미안하지만 날 위해 미욱한 내 지시대로 좀더 수고를 해 줘야겠어요.

다이애나 아씨께서 시키시는 일이라면 정조를 지킬 수 있다면 사력을 다해서라도 분부대로 거행하겠습니다.

헬레나 그럼, 좀더 부탁해요… 이렇게 말하는 사이에 따스한 여름이 올 거예요. 그땐 들장미에 가시뿐만 아니라 잎도 돋아나겠지요. 그러면 따끔도 하겠지만 꽃향기가 코를 물씬 찌를 거구요… 자, 그럼 출발해요. 마차 준비도 돼있어요. 세월이 가면 우리도 되살아 날 거예요. "끝이 좋으면 다 좋아" 예요. 그리고 끝은 면류관이죠. 어떤 험한 길을 가고 나면 명예가 있어요.
(모두 퇴장)

제5장 로실리온. 백작 부인의 저택의 한 방

백작부인, 라후, 어릿광대 등장.

라후 아니, 아니, 정말 아닙니다. 아드님의 눈을 흐리게 해 준 놈은 바로 그 촉새 같은 녀석이었어요. 그 놈의 독을 뿜는 사프런은 이 나라의 덜 익은 풋내기 젊은이들을 샛노랗게 물들이고 말 겁니다. 이 시각에 며느님이 살아 있고, 아드님이 집에 있기만 했더라면, 폐하의 지극한 총애를 받았을 거예요. 고 꽁지 붉은 땡벌같은 녀석만 없었더라면 말입니다.

백작부인 그런 자를 몰랐으면 좋았을 텐데― 그 자 때문에 이 세상이 그 조화를 자랑할 만큼 훌륭한 여자를 그만 잃고 말았지 뭡니까. 비록 그 며느리가 나의 살을 나누고 또 산고(産苦)의 괴로움을 안겼다하더라도 이렇게까지 그 애를 사랑할 수는 없었을 거예요.

라후 정말 착하고 어진 분이었어요. 천가지 샐러드 중에서 그만한 것을 골라내기란 풀밭에서 바늘 찾기죠.

어릿광대 그렇습죠, 나리, 그 부인께선 샐러드로 치면 달콤한 마요라나였습죠, 아니 혜초(蕙草)라고 할까.

라후 이 멍청아, 그건 샐러드가 아냐, 향초(香草)라구.

어릿광대 소인은 네부카트네자 대왕은 아니올시다

요, 풀에 대해선 까막눈인 걸요.

라후 네놈 본업은 어떤 것이지. 불한당이냐 아니면 광대냐?

어릿광대 여자에겐 광대고, 남자들한텐 불한당입죠.

라후 그렇게 두 가지로 구별하는 이유는?

어릿광대 남자면 여편네를 속여서 시중을 드는 거죠.

라후 그러고보니, 정말 넌 하인의 불한당이구먼.

어릿광대 여자야 어릿광대의 몽둥이를 주며 시중드는 거죠.

라후 과연 넌 불한당에다가 고약한 광대군.

어릿광대 나리께도 시중들갑쇼!

라후 됐다, 됐어, 천만에다.

어릿광대 글쎄, 나리께 시중들지 못한다면 나리 못지 않은 굉장 빽적지근한 분에게 시중을 들 수 있죠.

라후 그게 누구지? 프랑스인이냐?

어릿광대 아니죠, 잉글랜드사람 이름이랍니다. 그러나 얼굴 상판이야 프랑스 쪽에 훨씬 가깝죠.

라후 도대체 어떤 왕족이냐?

어릿광대 흑태자(黑太子) 말씀이라구요. 별명은, 암흑의 왕 또는 악마라고 하죠.

라후 옜다, 이 지갑을 가져라. 이걸 주는 건 네가 지금 말하는 주인한테서 떨어져 나오라는 속셈은 아니다 — 항상 잘 시중들고 있으라는 거지.

어릿광대 소인이야 숲 속에서 자란 몸이라 언제나 활활 타오르는 불이 좋은데. 제가 말씀드린 주인 나리는 노상 훤한 불을 피우신다니까요. 정말 그분은 이 세상의 왕이랍니다. 그 궁정에는 귀족들이 머무르고 있고요. 소인이야 좁은 문이 있는 집이 적합하죠. 거기야 권문세도가에게는 너무나 협소하니 들어가지 못할 것 아니에요. 그야 허리를 굽히면 들어갈 수야 있겠지만요. 하기야 많은 사람들이 춥고 견디기 어려우니까 환락의 꽃이 흐드러지게 핀 길을 따라서 넓은 문으로 들어가 불이 잘 타고 있는 곳으로 가는 거죠.

라후 자 가봐라, 네 얘기엔 이젠 신물이 난다. 미리 말해 두지만 너하곤 더 입씨름을 하기 싫다. 자, 가라. 장난일랑 말고 내 말을 잘 돌봐주게.

어릿광대 소인이 말들에게 장난치면, 그 말들은 성질 고약한 버릇을 갖게 될 것인데 그야 천성이니까 도리가 없죠. (퇴장)

라후 이 간사한 불한당에다가 익살맞은 놈이군.

백작부인 정말 그래요. 돌아가신 주인양반도 저 사람의 익살을 매우 즐기셨어요. 그이 덕분으로 여기 머물러있게 됐지만요, 그래서 제멋대로 방자하게 됐는지, 버르장머리도 없이 마구 지껄여대요.

라후 놈이 마음에 드는군요, 나쁘진 않아요… 그리고 말씀드리려고 한 것은 자부가 세상을 떠났고, 아들이 돌아온다는 소문을 듣고서, 폐하께 소인의 딸을 위해 말씀해주실 것을 간청 드렸답니다 — 그건 둘이 아직 어릴 때, 폐하가 스스로 고마운 생각에서 말씀하셨습니다만. 폐하께서는 두 사람을 맺어주는 게 좋겠다고 약속하시고 그렇게 주선하시겠다고 언약까지 하셨습니다 — 그렇게 하는 것이 아드님에 대한 폐하의 진노를 푸는 다시없는 길이 아닐까요. 부인 생각은 어떠십니까?

백작부인 좋은 말씀이에요. 제발 그렇게만 됐으면 좋겠군요.

라후 폐하께옵서는 마르세이유로부터 말을 타시고 황급히 오시는 중이십니다. 서른살 때처럼 건강하신 몸으로요 — 적어도 내일 아침이면 이곳에 도착하실 겁니다. 그렇게 안되면 별로 전하는데 실수할 리가 없는 그 자에게 속은 셈이 되겠죠.

백작부인 죽기 전에 폐하의 용안을 뵐 수 있다니 얼마나 기쁜 일이겠습니까. 제 자식이 오늘 저녁에 여기에 닿는다는 서한을 받았습니다. 경께서도 아들이 폐하를 배알할 때까지 여기 머물러 주십시오.

라후 어떻게 하면 여기 머물 수 있을까 연구하던 중이었습니다.

백작부인 그 신분의 특권을 내세우시면 되지 않습니까.

라후 백작부인, 실은 그 특권을 지나치게 남용해왔답니다. 하지만 다행스럽게 지금도 통할 순 있지요.

어릿광대 다시 등장.

어릿광대 아, 마님, 저쪽으로 주인 나리께서 오셨습니다. 얼굴에 벨벳조각을 붙이고요— 그 밑에 흉터가 있는지 없는지는 그 벨벳만이 알 겁니다. 하지만 어쨌든 훌륭한 벨벳조각이라구요— 왼쪽 볼의 벨벳은 이도 반이나 두꺼운데, 오른편의 볼은 말쑥하잖아요.

라후 훌륭한 공을 세우려다 얻은 상처가 아닌가, 훌륭한 상처란 명예의 좋은 표지요 — 아마 그럴 겁니다.

어릿광대 불고기 감으로 저민 얼굴 같던데요.

라후 자, 부인. 어서 가셔서 아드님을 만나셔야죠. 훌륭한 젊은 군인과 애길 나누고 싶군요.

어릿광대 그런 사람이라면 한 타스나 와 있어요. 훌륭하고 멋진 모자에다, 정말 보기 좋은 새털을 꽂고, 만나는 사람마다 고개를 끄덕이고 있습니다요. (모두 퇴장)

제 5 막

인간은 경솔하고 무모하기 때문에,
손에 쥔 보물을 소홀히 여기고 그것을 무덤
속에 넣고 나서야 그 진가를 비로소 깨닫는 법이다.
또는 증오심에 사로잡혀, 친구들을 죽게한 후, 그
무덤에 눈물을 뿌리는 수가 얼마나 많은가.
- 3장 왕의 대사 중에서

제1장 마르세이유의 거리

헬레나, 과부, 다이애나, 두 명의 시종 등장.

헬레나 이렇게 밤낮을 가리지 않고 줄곧 달려왔으니 얼마나 피곤하세요— 하지만 어쩔 수 없는 일이지만요. 나 때문에 밤이다 낮이다를 계속하여 신체에 채찍을 가해 여행해 주신 은공은 어찌 잊을 수가 있겠어요, 반드시 보답해 드리겠어요.

신사 한 사람 등장.

마침 잘 됐네— 저분께 부탁드리면 폐하께 내 얘길 전해드릴 수 있을 거다. 안녕하세요.

신사 안녕하십니까.

헬레나 프랑스 궁정에서 뵈온 적이 있어요.

신사 네, 그곳에 있은 적이 있었습니다만.

헬레나 미안합니다만, 인자하신 분이시란 세평을 믿고 그러한 분이시라고 뵈오니 화급하고 딱한 사정에 못이겨 실례를 무릅쓰고 부탁 말씀 드리오니 도와주신다면 그 은혜는 평생 잊지 않겠습니다.

신사 무슨 부탁이세요?

헬레나 이 청원서를 폐하께 올려주시고 폐하를 배알할 수 있도록 당신께서 주선해 주십사 하는 거예요.

(청원서를 신사에게 내민다)

신사 폐하께선 이곳에 계시지 않습니다.

헬레나 어머, 안 계시다구요!

신사 예 그렇습니다, 어제 밤에 여길 떠나셨지요. 평소 때보다 몹시 서두르시고요.

과부 아이구, 헛수고를 했다!

헬레나 그렇잖아요, "끝이 좋으면 다 좋아"죠. 지금은 일이 뒤꼬이고 잘 안되고 있지만요…… 어디로 행차하셨나요?

신사 실은 로실리온으로 가셨습니다. 나도 거기로 가는 길이죠.

헬레나 그럼, 당신께선 저보다 먼저 폐하를 배알하실테니, 제발 이 청원서를 전해주세요. 그렇게 하셨다고 해서 문책은 받지 않으실 거예요. 오히려 가상히 여기시어 치사의 말씀이 있으실 겁니다. 저희들도 곧 뒤따라가겠습니다. 저희들도 힘자라는 데까지 서두를 거예요.

신사 해 보겠습니다.

헬레나 정말 고맙습니다, 무슨 일이 있어도 꼭 보답하겠어요. 우리들은 말에 올라 타야겠네요. 자, 가서 떠날 준빌 해요. (모두 황황히 퇴장)

제2장 로실리온. 백작부인 저택의 뜰안

어릿광대와 패롤리스 등장.

패롤리스 라밧취, 이 서한을 라후 경에게 전해 주게. 옛날엔 우린 친숙한 사이가 아니었나, 내가 항상 좋은 새 옷을 입고 다니던 때 말이지. 한데 지금은 변덕스런 그 운명의 여신의 비위에 거슬려 신세가 엉망진창이 되었고 아직도 그 강렬한 역정의 악취를 벗어나지 못하고 있지 뭔가.

어릿광대 정말이지 운명의 여신의 역정은 당신 말대로, 냄새가 지독한 모양이군. 이제부터 그 여신이 버터구이 해 준 생선은 먹지 말아야지. 이봐, 바람 부는 곳에 서 있지 말라구.

패롤리스 아니, 코를 틀어막을 것까진 없네. 그저 비유해서 말했을 뿐이니까.

어릿광대 아무리 비유라도 냄새가 코를 찌르면 콧구멍을 틀어막을 수밖에. 누가 비유했든 간에 제발 더 멀리 떨어져 있으라구.

패롤리스 제발 부탁이니 이 서한을 전해주게.

어릿광대 체! 글쎄 가까이 오지 말라구. 운명의 뒷간종이를 귀족나리한테 전해달라구! 마침, 본인이 저기 오는군.

라후 등장.

(라후에게) 여기 운명의 여신이 기르는 가르랑거리는 고양이가 대기하고 있습니다요— 그렇지만 사향 고양이는 아닌 걸요— 이 고양이가 이렇게 말한다. 운명의 여신의 역정이라는 더러운 양어장에 빠져 진흙투성이가 됐다고 해요. 이 붕어를 잘 보살펴 주세요. 보아하니 처량하고, 몰골 사납고, 얼뜨기고, 멍청한 악당 같군요. 저의 위안의 비유를 듣고서 번뇌하는 꼴이 좀 불쌍하니까 이제 나리께 부탁드려요. (퇴장)

패롤리스 라후 경, 저는 잔인한 운명의 여신의 손톱에 무참히 할퀴어 만신창이가 되었습니다.

라후 그래, 날더러 어쩌라는 거지? 이제 와서 손톱을 잘라본들 때는 이미 늦었어. 할퀴고 갈퀴였다면 운명의 여신에게 몹쓸 짓을 한 모양이군 그래. 하기야 운명의 여신은 선량한 분이시니, 악당을 오래도록 잘 살라고 내버려둘 리는 없지. 자, 카데큐(8펜스) 한 잎 준다. (그에게 은전 한 잎 준다)

판사님들더러 운명의 여신과 화해나 하게 해달라고 부탁이나 해라. 난 달리 볼일이 있으니까. (그는 지나쳐 가려고 한다)

패롤리스 제발 한 말씀만 더 들어주십시오.

라후 (돌아보며) 은전 한 푼 더 달란 말이겠다. 자,

받아라— 말은 그만두고. (은전 한 잎 더 준다)

패롤리스 라후 경, 전 패롤리스입니다.

라후 그럼, 말 한 마디 한다더니. 이게 누구야! 어디 손이나 잡아보자… 그래 북은 어쨌고?

패롤리스 오, 라후 경, 저의 본색을 맨 처음 알아보신 분이 경이셨습니다.

라후 그랬던가? 맨 먼저 너를 버린 것도 나였겠다.

패롤리스 경 때문에 저의 신세가 요꼴이 됐지 뭡니까. 그러니 경께서 한번만 더 저를 돌봐 주십시오.

라후 닥쳐라, 이 주리를 틀 놈아! 그래, 날더러 신과 악마의 역할을 둘 다 하란 말이냐? 은총을 베푸시는 건 신이고, 내쫓는 건 악마다. (트럼펫 소리가 들려온다)

폐하가 납신다, 저 트럼펫 소리로 알 수 있지. 야, 나중에 오너라. 그러잖아도 어젯밤에도 너의 얘길 했네. 멍청이이고 악당이지만, 밥은 먹여줘야겠지. 자, 따라 오라. (바쁘게 떠난다)

패롤리스 고맙습니다. (따라 간다)

제3장 로실리온. 백작부인의 저택의 한 방

화려한 트럼펫의 취주. 왕, 백작부인, 라후, 귀족들, 신사들, 호위병들 등장.

왕 과인은 보석 같은 여성을 잃게 되니, 과인의 재산도 그 때문에 매우 가난하게 되고 말았소. 부인의 아들은 우둔한 행위에 탐닉하고 분별심이 한심하니 그 여성의 됨됨이를 올바르게 인식하지 못했던 것 같소.

백작부인 폐하, 황공하오나 이미 지나간 일이옵니다. 청춘의 뜨거운 불길 속에 저지른 어쩔 수 없는 자연의 반역이라고 관용해 주시옵소서. 타오르는 불길에 기름마저 퍼부어지니 이성의 힘만으로서는 도저히 불길을 잡을 수 없이 번진 것입니다.

왕 백작부인, 이젠 다 용서도 했고 잊어버렸소. 한때는 괘씸한 생각이 들어 엄중히 처벌할 작심으로 기회를 노리기도 했었소.

라후 신이 한 말씀 아뢰고자 합니다— 바라옵건대 먼저 말씀드리는 걸 윤허하여 주소서— 그 젊은 백작은 폐하에게도, 그의 모친에게도, 아내에게도 큰 죄를 지었습니다. 더구나 자기 자신에게는 적지 않은 큰 환난을 입혔습니다. 그 부인의 아름다움은 가장 풍부한 심미안을 지닌 사람도 놀라게 하였고, 그 언변은 만인의 귀를 황홀하게 하였고, 완벽한 성품은 남에게 시중 들기를 모멸하는 오만불손한 사람일지라도, 공손하게 "새아씨"하고 부르게 만들 수 있는 그런 현숙한 부인을 그만 잃고 말았습니다.

왕 이미 잃어버린 사람을 칭찬하는 건, 추억을 더욱 뼈아프게 할뿐이오. 그래 그를 이 자리에 부르시오—노여움을 풀었소. 한번 보기만 하면 지난 일을 깨끗이 잊어버리게 될 것을. 용서를 빌지 않아도 좋소. 그의 대죄도 숨을 거두고 말았으니까. 과인은 그 유해를 망각보다 더 깊은 암흑 저편에 묻어 버렸소. 죄인으로서가 아니라, 낯선 사람으로서 그를 가까이 오도록 하시오. 그것이 과인의 뜻이라고 일러주오.

신사 분부대로 거행하겠사옵니다. (퇴장)

왕 (라후에게) 경의 여식에 대해선 그가 뭐라고 하였는지? 말을 해 봤소?

라후 모든 것을 어명에 따르겠다고 하였습니다.

왕 그럼, 두 사람을 정혼하도록 합시다. 그를 칭찬한 서한도 와 있소.

버트람 등장. 문가에 서 있으며 부름을 기다리고 있다.

라후 그것으로 그 사람의 면목도 서겠습니다.

왕 (버트람에게) 나의 마음은 한 계절의 하루 같이 청명하지 못하다. 햇빛이 비칠 수도 있고, 바로 우박이 쏟아질 수도 있다. 그러나 밝은 햇살이 비치면 구름은 흩어져버리는 법이다— 자, 앞으로 나오너라, 이젠 날씨가 맑게 개었구나.

버트람 (왕 앞에 무릎 꿇으며) 폐하, 신의 잘못을 깊이 뉘우치고 있습니다, 부디 용서하여 주시옵소서.

왕 모두 끝났다, 지나간 일은 한 마디도 하지 말자. 이 기회를 놓치지 말고 중요한 일을 실행하자. 난 이제 나이가 들다보니 아무리 급하게 명령을 내려도, 그것이 이뤄지기도 전에, 시간이 소리 없이 몰래 찾아들지 모르는 일. 라후 경의 규수를 기억하는가?

버트람 칭찬하는 마음이 간절합니다, 폐하. 첫눈에 그 여성을 마음속에 새겨 두었습니다. 그러나 그때는 신의 심정을 감히 털어놓을 용기가 없었습니다. 신의 마음속에 눈이 받은 인상이 너무도 깊이 아로새겨졌기 때문에 그 다음부터는 다른 여성들의 어떤 얼굴이라도 얼굴이 뒤틀려 보였고, 추한 것으로서 경멸시키는 사기치는 안경이 되어 어떤 아름다운 용모도 능멸의 대상이 되어 훔쳐다 붙인 아름다움으로 느껴져 천하의 미색도 소름끼치는 추물로 보였습니다. 그래서 만인이 침이 마르도록 칭찬한 여성을 잃고 나서야 사랑하게 된 헬레나까지도 눈에 박힌 티끌처럼 여겨졌던 겁니다.

왕 참으로 그럴듯한 변명이로다. 그 여성을 사랑하였다는 그 한 마디는 마지막 결판에 수십 가지 죄가 삭제될 것이다. 그러나 때늦게 깨달은 사랑은 때늦게 전달된 특사령 같아서 "착한 사람이 이 세상에서 사라졌노라"하고 개탄하며 당사자에게 통한을 느끼게 할 것이다… 인간은 경솔하고 무모하기 때문에, 손에 쥔 보물을 소홀히 여기고 그것을 무덤속에 넣고 나서야 그 진가를 비로소 깨닫는 법이다. 또는 부당하게 증오심에 사로잡혀, 친구들을 죽게한 후, 그 무덤에 눈물을 뿌리는 수가 얼마나 많은가. 사랑이 있으면, 잘못을 깨닫고 슬퍼도 하지만, 증오심은 몰염치하게도 마냥 잠에 묻혀 헤어나지 못 하기가 일쑤니라. 이것으로써 가련한 헬레나에 대한 애도의 조종소리로 삼고, 그녀를 잊도록 하자. 그리고 그대의 사랑의 선물을 아름다운 미스 모오들린에게 보내도록 하여라. 모두가 다 합의를 하였으니, 이젠 아내가 죽은 자의 재혼날을 기다릴 뿐이노라.

백작부인 오, 하늘이여, 첫번째보다 행복하게 해 주십시오! 그렇지 못하겠으면, 오 자연의 여신이여, 그들이 만나기 전에 이 목숨이 끝장나게 해 주소서!

라후 자, 이제 나의 집의 이름을 그 몸 속에 삼키게 된 나의 사위, 딸의 마음에 생기를 주어, 단숨에 이곳으로 달려오게 할 사랑의 선물을 주오‥‥ (버트람 반지를 빼준다) 이 늙은이의 백발 한 올 한 올을 걸고 맹세하나니, 고인이 된 헬레나는 정말 현숙한 부인이었소. 궁중에서 마지막 떠날 때였는데 그녀 손가락에 꼭 이런 반지를 끼고 있는 걸 보았던 것 같아요.

버트람 이건 그녀의 반지가 아닙니다.

왕 어디 좀 보자. 실은 아까 얘길 하면서도, 그 반지에 줄곧 눈길을 꽂고 있었다… (왕은 라후에게서 반지를 받고선 손가락에 끼어본다) 이 반지는 원래 내 것이었다. 내가 헬레나에게 주었을 때, 불운이 덮쳐 도움을 받을 일이 있을 때는 이걸 증거로 보이면, 꼭 도와주겠다고 일러두었다. 그녀에겐 가장 소중한 이 반지를 네가 사취한 것은 아닌가?

버트람 황공하옵니다만 폐하께서 어떻게 생각하실지라도 이 반지만은 절대로 그녀의 것이 아니옵니다.

백작부인 아들아, 이 어머니도 그 애가 끼고 있는 걸 똑똑히 보았다. 목숨보다도 더 소중히 여기더라.

라후 신도 그 여성이 낀 것을 분명히 보았습니다.

버트람 (라후에게) 잘못 보신 것 같습니다. 모친이 보았을 리도 없습니다. 그 반지는 플로렌스의 창문에서 내던져진 것인데 그녀의 이름을 적은 종이에 싸서요. 그 여자는 명문집안의 규수인데 저를 독신으로 알았던 모양이었습니다. 그래서 제가 사정을 상세히 밝히고 절대로 명예를 위해서도 그녀의 뜻대로 해줄 수 없다고 단단히 일러주었더니, 그녀는 슬프게 체념을 하였습니다만 이 반지만은 굳이 받으려고 하지 않았습니다.

왕 천한 금속을 황금으로 만드는 약재를 알며 자연의 법에 정통한 재물의 신, 플루터스보다도 난 이 반지를 너무나 잘 알고 있다. 이 반지는 내 것이었고, 헬레나의 것이기도 했다. 누가 너에게 주었든 간에 너는 자기가 한 짓을 잘 알고 있을 터이니 이것이 그녀의 것이었다고 자백하고, 어떻게 강탈하였는지를 바른 대로 말해야한다. 그녀는 여러 성자들을 두고 맹세하기를 첫날밤에 그 반지를 신랑에게 주기 전에는 절대로 손가락에서 빼지 않겠다고 하였느니라— 너는 신방엔 들지 않았지 않은가— 그리고 위급한 경우에 그녀가 이 반지를 내게 보내기로 맹세했느니라.

버트람 그녀는 그 반지를 본 일조차 없습니다.

왕 너는 거짓말을 하고 있다. 내가 거짓말할 리는 없잖은가. 하고 싶지 않지만 무서운 억측이 솟아오른다. 필경 네가 표독한 마음을 품고 몸서리치는 짓을 범했다고 밖에 생각되지 않는다— 설마 그럴 리 없겠지만… 그러나 알 수 없는 일— 너는 그녀를 몹시 미워했다. 그리고 그녀는 죽었다. 내 손으로 그녀의 눈을 감겨 준 것처럼 이 반지를 보면 그녀의 죽음이 확실하다. 저 자를 끌어내라. (호위병, 버트람을 잡는다) 앞으로 어떻게 될 지 모르나, 이렇게 증거가 드러난 이상 나의 억측이 허황된 것이 아니다. 내가 너무 방심했던 것 같다. 그 자를 끌고 가라. 과인이 나중에 엄중히 신문하겠다.

버트람 그 반지가 틀림없이 그녀의 것이라면, 신이 플로렌스에서 그녀와 동침했다는 것이 됩니다. 그러나 그녀는 절대로 플로렌스에 오지 않았습니다. (호위병에게 붙잡힌 채 퇴장)

왕 불길한 상상이 자꾸만 머리에 떠오른다.

신사가 등장하여 서면을 바친다.

신사 폐하, 꾸지람을 하실 지 모르겠사오나, 여기 플로렌스의 한 여인이 올리는 청원서를 가지고 왔습니다. 그 부인이 직접 올려야 하겠습니다만 넷이나 다섯 역간 정도 뒤쳐져 오고 있기 때문입니다. 그 아름다운 용모나 말솜씨로 보아, 훌륭한 가문의 출신임이 분명하니, 그 청원자의 간청에 못 이겨, 신이 맡아 가지고 오게 된 것입니다. 아마 지금쯤은 여기에 도착했을 겁니다. 그 여성의 안색으로 보아 매우 중요한 용건인가 봅니다. 폐하와 그분 자신에 관한 일이라는 말도 하였습니다.

왕 (서장을 읽는다) "부인이 죽으면 결혼해 주시겠다고 수차 맹세하시므로, 부끄러운 말씀이오니, 소녀는 그분의 간청에 몸을 허락했습니다. 홀아비가 되신 로실리온 백작은 맹세를 지키지 않고, 소녀의 정조만을 짓밟아 놓았습니다. 작별인사도 없이 플로렌스를 훌쩍 떠났습니다. 그래서 정당한 재판을 받기 위해, 그분 뒤를 쫓아왔습니다. 오, 폐하! 소녀의 간절한 소청을 들어 주시옵소서. 모든 일은 폐하의 손안에 있사옵니다. 이대로 가면 유혹자는 언제나 활개를 치고, 처녀에게는 파멸만 있습니다. 다이애나 캐퓰렛 올림"

라후 다른 사윗감을 시장에 가서 사고, 저 사람은 팔아 버려야겠습니다. 저런 사람은 안되겠습니다.

왕 라후 경, 하늘이 그대를 도왔소. 사실이 이렇게 밝혀졌으니 말이오. 청원자들을 데리고 오너라… (신사 퇴장)

빨리 백작도 다 데리고 오고. (시종들 황급히 퇴장)
(백작부인에게)

백작부인, 헬렌은 어쩌면 비명에 목숨을 잃은 것 같소.

백작부인 그런 자들을 엄벌로 다스리소서!

버트람 호의병들에게 호위되어 다시 등장.

왕 정말 모를 일이다, 너는 아내들을 괴물처럼 여기며, 남편이 되어주겠다고 맹세하고도 달아나버리고 그러고서도 어찌 다시 장가들기를 원하다니.

신사가 과부와 다이애나와 같이 다시 등장.

저 여자는 누구냐?

다이애나 폐하, 소녀는 플로렌스에서 살고 있는 가련한 여자이며, 캐퓰렛이라는 유서 깊은 가문의 후손입니다. 소녀의 소청은 폐하께서 이미 아실 줄 믿사옵니다. 바라옵건대 소녀를 불쌍히 여기시어 억울한 사정을 통촉하여 주시기 바라나이다.

과부 이 몸은 이 아이의 어머니이나이다. 이번 이 송사로 해서 제 늙은 몸이나 명예나 이만저만한 고통이 아니옵니다. 폐하의 도우심이 없으면, 목숨과 명예가 한꺼번에 요절나게 될 것입니다.

왕 이리 오너라, 백작—이 여자들을 아는가?

버트람 폐하, 알고 있을 뿐만 아니라, 어찌 모른다고 아뢰겠습니까. 그리고 신에 대한 송사가 더 이상 있사옵니까?

다이애나 (버트람에게) 당신은 아내를 보고도 왜 그렇게 모르는 척 하세요?

버트람 폐하, 이 여잔 절대로 신의 아내가 아닙니다.

다이애나 당신이 결혼하신다면, 이 손을 내드리겠지만 그 손은 제것이에요. 하늘에 두고 맹세도 하시겠지만, 그 맹세도 제것이에요. 그리고 당신 몸을 내주어야 하는데 그것 역시 제것이에요. 왜냐하면 백년가약에 맹세한대로 나와 당신은 일심동체가 되었으니까요. 그러니 당신과 결혼하는 여자는 바로 이 몸과 결혼해야 합니다. 어쨌든 우리들 두 사람과 결혼하든가, 그렇지 않으면 아주 안 하든가 양단간의 하나예요.

라후 (버트람에게) 당신의 평판이 이래서야 어찌 내 딸애를 차지하겠나, 그 애의 남편이 될 수는 없어.

버트람 폐하, 이 여잔 신이 웃음거리로 삼아왔던, 우둔하고 머리가 돈 여자입니다. 폐하께옵서는 신이 이런 미천한 여자에 빠져서 명예를 더럽힌다고는 사료하지 마소서.

왕 너에게 잘못이 없었다는 것을 행위로 보여 주기 전에는, 내 생각은 네 편이 되지 않는다. 내가 생각하는 이상으로 더 명예로운 인간이란 걸 어디 증명해 보아라.

다이애나 폐하, 소녀의 정조를 빼앗은 일이 없다고 맹세할 수 있는지 물어보아 주십시오.

왕 어디 대답해 보아라.

버트람 저 여자는 뻔뻔하기 짝이 없습니다, 폐하, 저 계집은 막사에 드나드는 창녀이나이다.

다이애나 폐하, 지나친 치욕이옵니다. 만약 소녀가 그러한 여인이라면, 헐값으로 제 살 값을 치르셨을 겁니다. 거짓말이오니 믿지 마소서. 오, 이 반지를 보소서, 이렇게 고귀하고 값비싼 것은 이 세상에 둘도 없나이다. 그런데 이걸 막사에 드나드는 천인에게 주었다는 것입니다, 비록 소녀가 그런 천한 여자라면 말입니다.

백작부인 아들의 얼굴이 붉어졌으니 바로 맞는 말입니다! 저 반지는 육대조부터 유언으로 대대로 물려받아오고 전해 온 가보랍니다. 저 여자가 제 아들의 아내임이 틀림없습니다. 저 반지가 확실한 증거입니다.

왕 (다이애나에게) 넌 이 궁중 내에 증인이 될 만한 사람이 있다고 한 바 있지?

다이애나 네, 폐하, 아뢰었습니다. 그러나 그 못된 인간을 증인으로 내세우기가 꺼려집니다만, 패롤리스란 자이나이다.

라후 그 사내라면 오늘 만났습니다, 그런 자도 사내라면 말이죠.

왕 (라후에게) 찾아서 이리 데리고 오너라. (라후 퇴장)

버트람 그잘 왜 찾으시나이까? 그잔 이 세상의 악덕이란 악덕은 모조리 갖췄다고 비난받는 천하제일의 거짓말쟁이옵니다. 진실을 입에 담기만 해도 속이 메스꺼워진다는 자입니다. 있는 말 없는 말 제멋대로 주절댈 그놈의 말에 신을 판가름하시려하나이까?

왕 저 여잔 너의 반지를 갖고 있다.

버트람 그렇습니다. 청춘의 정욕으로 저 여자를 좋아하였고 지분거린 건 사실입니다. 저 여잔 저를 낚아챌 심보로 일부러 쌀쌀하게 굴어 저의 열정을 미친 듯 흥분시켰습니다— 애욕은 방해를 받을수록 더 불타오르기 마련— 이 여자는 결국 좀 뛰어난 용모가 요살을 떠는 잔꾀로 저를 속였고, 저는 달라는 값을 주고 사게 됐습니다. 그래서 저 여자가 제 반지를 갖게 된 것이며, 그래서 저는 싸게 살 수 있는 허접쓰레기를 손에 잡게 되었던 것입니다.

다이애나 참을 수밖에 없겠군요. 그처럼 훌륭하신 첫번째 부인을 소박한 당신이니, 저를 학대하는 건 당연한 일이겠죠. 하지만 부탁이 하나 있어요— 부덕한 당신을 남편으로 섬기지 않겠어요— 그러니 당신 반지를 도로 가져가도록 사람을 보내세요. 그리고 제 걸 도로 주세요.

버트람 가지고 있지 않아.

왕 너의 반지는 어떤 것인가?

다이애나 폐하께서 끼고 계신 것과 똑같은 것이옵니다.

왕 이 반지를 알겠는가? 아까까지 저 사람이 끼고 있던 것이다.

다이애나 소녀가 동침했을 때 저분에게 드린 것이옵니다.

왕 창문에서 던져졌다는 얘기는 거짓이 되는군!

다이애나 소녀는 사실을 아뢰었습니다.

라후가 패롤리스와 함께 다시 들어온다.

버트람 (왕에게) 폐하, 그 반지는 분명히 저 여자 것임을 직토합니다.

왕 잽싸게 물러났군, 새털하나 움직여도 놀라는 것 같다… 저 사람이 아까 말하던 사람인가?

다이애나 그렇습니다, 폐하.

왕 (패롤리스에게) 여봐라, 말을 하여라, 내 명령이다, 사실대로 고하라. 네 주인의 노여움을 두려워하지 말아라. 사실대로 토설하면 널 돌봐줄 것이다— 네 주인과 저 여인에 관해서 아는 바를 말해 보아라.

패롤리스 황공합니다, 폐하. 소인의 주인 나리는 훌륭한 신사입니다. 그래서 신사가 으레 갖는 장난을 하는 마음도 있었습니다.

왕 여봐, 여봐라, 요점만 말해봐라. 네 주인이 이 여인을 사랑하였더냐?

패롤리스 예, 예, 주인이 사랑했었습니다. 그런데 어떻게 했냐 하면?

왕 그래, 어떻게 사랑하였는가?

패롤리스 신사가 여자를 사랑하듯이 사랑했었습니다.

왕 그래, 어떻게 말이냐?

패롤리스 말하자면 사랑했으면서도 사랑을 하지도 않았습니다.

왕 네가 악당이면서 악당이 아닌 것처럼 말이냐. 참 알듯 모를 듯 말을 둘러대는 자로구나!

패롤리스 소인은 미천한 사람이옵니다, 어명대로 따르겠습니다.

라후 폐하, 저 사람은 소리가 잘 나는 북입니다만 말재간은 없는 자입니다.

다이애나 당신은 저분이 내게 결혼 약속을 한 것을 아시죠?

패롤리스 알다 뿐이겠습니까, 입 밖에 낼 수 없는 일까지도 알고 있지요.

왕 그럼 알고 있는 사실을 모두 고해 줄 수 없다는 거냐?

패롤리스 아닙니다, 폐하께서 소망하신다면 아뢰겠습니다… 말하자면, 전술했듯이 소인이 두 분의 중매쟁이 노릇을 하였답니다— 그보다 더한 일은 주인이 저 여잘 사랑했습니다, 정말 미칠 정도로 사랑했답니다, 마왕 사탄이니, 지옥의 변방이니, 복수의 여신이니 하시며 제가 알아듣지 못하는 소릴 마구 지껄이고 했답니다. 그땐 두 분으로부터 신용을 잃지 않았던 때라 동침한 일이며, 기타 결혼을 약속한 일 등 알고 있습니다만 더 말씀드리면 원한을 살만한 일들도 알고 있습니다— 그러나 입밖에 내면 저의 입장이 매우 난처해지기 때문에— 말씀드리지 않겠습니다.

왕 결혼했다는 말은 아니 했지만, 넌 벌써 모두 말해 버렸잖은가. 그런데 너의 증언은 정말 갈피를 잡을 수 없다. 그럼 물러가 있거라…… 이 반지는 처녀의 것이라고 했겠다?

다이애나 네, 그러하옵니다.

왕 어디서 이걸 샀느냐? 그렇지 않으면 누구한테서 얻었는가?

다이애나 얻은 것도 산 것도 아닙니다.

왕 누구에게 빌렸단 말인가?

다이애나 빌린 것도 아닙니다.

왕 그럼, 어디서 주었단 말인가?

다이애나 줍지도 않았습니다.

왕 이것도 아니고, 저것도 아니라면 어떻게 그 반지를 백작에게 줄 수 있었단 말인가?

다이애나 전 주지 않았습니다.

라후 폐하, 이 여자는 헐렁한 장갑 같습니다, 제멋대로 꼈다 뺐다 하듯이 씨부렁대니 말입니다.

왕 이 반지는 원래 내 것이었다, 저 백작의 첫번째 부인에게 준 것이다.

다이애나 폐하의 것이거나, 첫번째 부인의 것이거나 할겁니다, 어쩌면.

왕 이 계집을 내쫓아라. 이젠 보기도 싫다. 하옥하여라. 저기 저자도 함께다. 어디서 이 반지를 입수했는지 고하지 않으면 한 시간 이내에 참수형에 처할 것이다.

다이애나 그건 죽어도 말씀드릴 수 없습니다.

왕 저 계집을 끌어내라.

다이애나 폐하, 보석(保釋)의 보증인을 대겠습니다.

왕 그러고 보니 넌 창녀 같다.

다이애나 (라후에게) 가당치 않은 말씀이옵니다. 소녀가 남자를 만났다면 그건 당신일 것입니다.

왕 넌 어이하여 저 사람을 고발하였는가?

다이애나 그분이 죄가 있기도 하고, 죄가 없기도 하니까요. 저분께선 소녀가 처녀가 아니라고 맹세하실 겁니다. 그러나 소녀는 맹세코 처녀이옵니다. 한데 저분은 그 사유를 모르고 있습니다. 폐하, 소녀는 결코 매춘부는 아니옵니다. 맹세하지만 소녀는 처녀이옵니다. 소녀가 저 노인 양반의 아내가 아닌 것이 분명하듯이 말입니다.

왕 무엄한 계집이로다— 옥에 가둬라!

다이애나 어머니, 보석 보증인을 데리고 오세요…… (과부 퇴장) 폐하, 잠깐 기다려 주시옵소서. 그 반지를 가졌던 보석상을 데리러 갔습니다. 그분이 오면 소녀의 보증인이 되어 줄 겁니다. 여기 백작께선 스스로 아시듯 저를 모욕했습니다만 결코 해를 끼치진 않았기에, 고소를 취하하겠습니다. 그분이 아시듯 백작은 저의 잠자리를 더럽혔다고 생각하실 겁니다. 그런데 그 때 그분의 부인께서는 회임을 했습니다. 비록 부인은 돌아가셨지만, 그분 뱃속에는 아기가 놀고 있습니다. 여기에 저의 수수께끼가 있사옵니다— 돌아가신 분이 살아계시다니까요. 이제 곧 그 뜻을 아시게 될 겁니다.

과부가 헬레나와 더불어 다시 등장.

왕 아니, 이것이 어찌 된 거냐, 나의 눈길을 속이는 마법사라도 나타났단 말인가? 아니 이게 사실인가, 아닌가?

헬레나 (버트람에게) 여보, 당신이 보고 계시는 건 아내의 그림자에 지나지 않아요, 이름뿐이고, 실체는 없어요.

버트람 (무릎 꿇는다) 아니오, 명실공히 이름도 있고, 실체도 있어요. 오, 용서해 주오!

헬레나 오, 여보, 내가 이 처녀의 자태로 나타났을 때, 어쩌면 그렇게도 다정하였어요. 거기 있는 것이 당신의 반지예요, 그리고 또 보세요, 이것은 당신의 서한이구요. 이렇게 씌어 있죠, "내 손가락에서 이 반지를 빼내고, 내 자식을 잉태하였을 때 등"요. 이제 다 이뤄졌어요, 둘 다 말씀대로 됐으니 이젠 당신은 저의 남편이 되어 주시겠습니까?

버트람 폐하, 이 일이 어떻게 된 일인지 분명히 설명해 주시면, 저는 그녀를 진정으로 그리고 영원히, 영원히 언제까지나 사랑하겠습니다.

헬레나 이 일이 분명하게 밝혀지지 못하고 허위임이 증명된다면 나는 당신과의 인연을 영영 끊어 버려도 좋습니다. 오, 어머님, 그 동안 안녕하셨습니까?

라후 양파 냄새가 눈에 들어갔나부다. 당장 눈물이 쏟아질 것 같다. (패롤리스에게) 야, 북치기 선생, 손수건 좀 이리 다오. 음 고맙다. 집에 가서 기다려다오. 너하고 재미나는 놀이나 해야겠다. 절은 그만둬, 그렇게 허리를 꾸부리면 먼지가 나지.

왕 자, 이일의 자초지종을 하나도 빠뜨리지 않고 들려다오. 진상을 즐겁게 알고 싶은 마음이 간절하구나… (다이애나에게) 처녀가 아직도 꺾이지 않은 순결한 꽃봉오리라면, 신랑감을 고르도록 해요. 내가 모든 결혼비용을 대겠으니. 처녀의 정직한 도움으로 한 사람의 아내가 아내의 신분을 찾게 되었고, 자신도 처녀성을 간직할 수 있었다구 생각된다. 차차 모든 전말이 세세히 밝혀질 테지. 어쨌든 만사 끝이 좋으면 다 좋게 되는 법이니 좋은 일이 아니냐. 씁쓸한 지난 일은 다 흘려버리고, 앞으로 달콤한 일들만이 반갑게 찾아올 거다.

화려한 트럼펫의 취주. 왕이 앞에 나와 폐막사를 말한다.

폐막사

극이 끝나고 보니, 이젠 왕은 거지꼴이 되는 겁니다.
여러분이 흡족하시도록 하려는 이 소원이 성취되면
모두 좋게 끝난 셈이 되니 꼭 보답하겠습니다.
더욱 노력하여, 정진하겠습니다.
여러분이 인내하시면, 저희들의 연기가 향상하니.
아무쪼록 박수를 쳐주시면 감사하겠습니다.
(모두 퇴장)

작품해설

『끝이 좋으면 다 좋아』는 셰익스피어의 작품 중에서 독자들에게 가장 친숙하지 못한 작품 중의 하나였다. 이 작품은 명작이나 걸작이라고 불려지지도 않았다. 그렇다고 범작도 아니고, 졸작도 아니다. 틸랴드(E. M. W. Tillyard)가 말한 바대로「문제작」이라는 명칭이 알맞은 것 같다.

이 작품의 창작연대에 대해서는 정설이 없다. 이런 저런 설이 구구하다. 체임버스(E. K. Chambers)가 주장하는 바 1602~03년 사이라는 추정은 리버사이드 셰익스피어(The Riverside Shakespeare)판에서도 이어졌다. 이 설은 초기문체의 중요한 특질로 꼽히는 압운(押韻)의 대구 또는 서정시형으로 쓴 대화 등이 본 플롯을 구성하는 이야기에 괄목할 만큼 두드러지게 구사되어 있음을 그 이유로 들고 있다. 그런데 1980년대에 들어서 럿셀 프레이저(Russell Frager)는 『뉴 캠브리지 셰익스피어』판의 해설에서 이 작품의 창작연대를 1605년경이라고 주장하였고, 『옥스포드판 전집』의 별권으로 간행된 『텍스튜얼 컴패니언』(A Textual Companion, 1987)에서도 1604~5년 설이 제기되었다. 이러한 설의 근거가 되고 있는 것은 최근에 시도된 문체분석의 결과뿐만 아니라 이 희곡에는 제임스 시대(1603~1625)의 연극적인 분위기를 읽을 수 있기 때문이다.

이 작품의 주제는 가혹한 상황 속에서도 선한 의도로 애정을 성취하기 위해 극복하기 어려운 난관을 이겨낸다는 것인데, 원소재는 보카치오(Giovanni Boccacio)의 『데카메론』(Decamerone)의 제 3일 제 9화로부터 얻은 것이다. 그러나 셰익스피어가 직접 소재로 삼은 것은 페인터(William Painter)가 역설한 『쾌락의 궁전』(The Palace of Pleasure)에 수록된 설화이다.

한 작품의 내용에 보다 깊이 있게 접근하려면 작가의 사상과 밀착되어 나타난 구성을 외면해서는 안된다. 말하자면 작가의 주제의식도, 작가가 묘사하려고 하는 인물도, 작품의 분위기도, 그 이야기의 서술에 맞는 문체도, 희곡구성에 대한 이해의 바탕 위에서만 그 이해가 가능하다.

이 작품의 구성 역시 단순하지 않다. 하나의 사건이 단순한 궤도를 따라 진행되고 있지 않다. 바꾸어 말하면 하나의 사건, 하나의 일화를 곁가지 없이 집중적으로 전개해 나가는 방법을 취하지 않았다. 『끝이 좋으면 다 좋아』는 본 줄거리와 부 줄거리로 튼튼한 구성의 틀이 짜여져 있으면서도 오히려 복합성이 리듬을 살려놓고 있다. 주인공들은 버트람과 헬레나를 주축으로 한 본 줄거리와 허풍선이이자 비열한 불한당격인 페롤리스를 중심으로 한 부 줄거리가 필연적 관계를 지니면서 은밀히 혹은 어떤 충격적 효과를 준비하여 독자나 관객을 매료케 하는 구조를 이루고 있다. 그런데 여기서 좀더 관심을 두어야 할 것은 제목이 말해주듯 결말이 해피 앤딩으로 끝나기는 하지만 본 줄거리는 어딘지 모르게 비극적인 색조가 짙은데 비하여, 부 줄거리는 희극적인 색조를 보여주고 있다는 점이다.

이 희극의 줄거리는 이렇다. 명의인 부친이 세상을 뜨자 헬레나는 그녀의 후견인인 로실리온 백작부인의 집에서 양녀로 동거하게 된다. 그녀는 백작부인의 아들인 버트람을 남몰래 연모해 왔지만 그 청년귀족은 헬레나를 하녀로밖에 생각하지 않고 안중에도 없다. 그 때문에 헬레나는 사랑의 번민에 빠진다. 청년귀족의 어머니는 헬레나의 고민을 이해하고 자기 아들과의 결혼을 허락하여 그녀가 아들 뒤를 좇아 파리의 왕궁으로 떠나는 데 모든 편의를 제공하여 돌봐준다. 그 무렵 프랑스 국왕은 난치병에 걸려 있는데, 헬레나는 돌아가신 부친으로부터 전수 받은 비방으로 국왕의 난치병을 고칠 수 있다고 확신을 갖고 배알을 간청한다. 헬레나가 국왕의 병을 고치지 못하면 자기의 목숨을 받치고 완치케 하면 신하 중에서 배필이 될 사람을 어명으로 택해 줄 것을 조건으로 그녀가 치료를 착수한지 불과 이틀만에 국왕은 건강을 되찾게 된다. 헬레나는 사모하는 버트람과의 결혼을 국왕으로부터 허락받았으나, 버트람은 어명을 거역할 수 없어 결혼서약은 하였지만 헬레나에게 도저히 정이 가지 않아 즉시 플로렌스로 출정하고 만다. 그러나 반지와 동침 등의 우여곡절 끝에 그녀를 아내로 인정하며 사랑하게 된다.

오늘날에 와서는 이 작품이 독자들이나 관객들 사이에서 현저하게 공감이 확대되어가고 있는 추세이다. 이 작품의 문학적 가치에 대해서는 찬반의 논의가 잇따르고 있음은 부인하기 어렵다. 기실 옛날부터 극평가들 간에 인기가 없었으며 차가운 몰이해와 푸대접을 받아왔다. 그런데 부정적인 시각에서 이 작품을 폄하하는 측의 이유는 남자 주인공 버트람이라는 인물에 대한 평가절하이다. 사무엘 존슨(Samuel Johnson)은 이 인물은 아무래도 호감이 가지 않는다고 한다. 그러나 버트람에게 동정을 표하는 극평가들도 있다. 헬레나의 성격에 대한 비판도 양분되어 있다. 존 메이스필드(John Masefield)는 "남자를 감내할 수 없는 굴욕 속에 빠트리고 그러하고도 또 다른 여성과 공모하여 그 상태를 유지하려고 한다"고 비난한 바 있다. 버트람은 평범하고 야비한 졸부의 심덕과 성실치 못하고 경박하며 비겁자로 묘사되어 있어 눈에 거슬리는데 남편을 소유하기 위해 체면을 아랑곳하지 않고 수단방법을 가리지 않는 여주인공 헬레나의 소행에도 불쾌감을 돋게 된다는 것이다.

해리슨(G. B. Harrison)이나 하딘 크레이그(Hardin Craig) 등은 이와는 달리 새로우면서도 긍정적이고 전향적(轉向的)인 시각 아래 새로운 의미를 제시해 주고 있다. 즉 이 작품이 담고 있는 도덕적 문제는 엘리자베스 여왕시대의 관객들에게는 조금의 혐오감도 안겨

주지 않았고, 더구나 목적 달성을 위해 갖은 고초를 극복해 나가는 헬레나의 행위와 윤리의식이야말로 여성적인 미덕이며, 동경과 선망과 경탄의 대상이었다 한다. 그러나 여기서만 그치지 않는다. 신분이 낮은 여자가 지체가 높고 가문이 훌륭한 배필을 얻게 되는 이야기는 곧잘 흥분과 감동으로 당시의 관객들을 사로잡았다는 것이다. 또 헬레나를 "셰익스피어가 창조한 가장 사랑스런 여성"이라고 격찬했고 허즐릿은 "매우 가련하면서 매우 우아한 성격"이라고 탄성을 올릴 정도로 온화하고 여자다운 여자며 겸손하고 총명하지만 결코 소극적이며 사고가 부족하지 않고 정도 많지만 의지도 강인하고 모험도 불사하는 매우 용감한 여자이고 지(智) 정(情) 의(意)가 잘 균형잡힌 원만한 여자이며, 헬레나는 중세의 민화 속에 나오는 여성이 아니라 건강하며 강인한 여성이라는 것이다. 쇼(Shaw)나 입센(Ibsen)의 작품 중의 인물과 비슷하다는 것이다. 콜리지(S. T. Coleridge)는 헬레나를 "셰익스피어가 창조한 여성 중에서 가장 사랑스런 여인"이라고 극찬을 아끼지 않았으며, 허즐릿은 이 극을 셰익스피어의 희극 중에서 가장 즐거운 작품 중의 하나라고 했다.

『끝이 좋으면 다 좋아』의 분위기는 어둡고 로맨틱한 코미디가 지닌 아름다운 서정성과 풍부한 상상력이 결핍되어 있다는 지적도 없지 않다. 하지만 표현의 세부를 곰곰히 살펴보면 반드시 그렇게 말하기 어려운 흥미있는 현상을 발견하게 된다. 그것은 다름 아닌 극적 효과의 극대화가 헬레나가 동인(動因)이 되어 이루어진다는 점이다. 그래서 우리는 헬레나를 통해 극적 울림에 대한 느낌을 좀처럼 지우기 어렵다. 이 작품이 우리에게 공감의 터전을 확보해 주는 까닭도 그 때문이 아닌가 생각된다. 잘 알려진 바와 같이 셰익스피어는 보카치오의 이야기의 주인공처럼 굼뜨고 주변머리 없는 소극성을 버리고 남에게 녹록하게 당하지 않는 용기와 그리고 당차고 속찬 대담성을 헬레나에게 안겨주고 있다. 두말할 나위 없이 헬레나의 이러한 성격적 요소가 이 극의 비극적이며 어두운 색조를 일종의 풍자로 변혁시킨 작용을 했다고 본다.

지금까지 보아온 바로서 셰익스피어가 헬레나라는 한 여성을 소위 중세의 전통 속에서 추출(抽出)하여 격조 높은 희극적 효과에 초점을 맞춰 효율적으로 활용할 수 있었던 원동력은 어디에 있었는가. 세익스피어는『베니스의 상인』의 포오셔, 『뜻대로 하세요』의 로잘린드와 같은 기지에 넘친 현명한 여성의 성격을 재현시키곤 했다. 헬레나는 선량하고 현명한 여성이다. 셰익스피어의 목적은 로렌스(W. W. Lawrence)가 말하기를 훌륭한 여성이 몇 가지 시련을 겪어 행복을 얻는 이야기를 어떻게 무대에 올리느냐 하는 것이었다.

『끝이 좋으면 다 좋아』의 상연사의 족적을 추적하여 보겠다. 그러나 이 작품의 초연은 묘연하다. 다만 최초의 상연기록은 1741년 3월 7일이다. 지파드 부인

(Mrs. Giffard)이라는 여배우가 헬레나로 분했었고, 또 그녀의 남편이 버트람으로, 패롤리스 역에는 조셉 페터슨(Joseph Peterson)이 분했었다. 이 공연은 신선하다며 평이 좋았다.

그 다음은 1742년 1월 드루리 레인 극장에서 올려지지만 왠지 사건이 잇달아 일어난다. 헬레나로 분한 펙 워휭턴(Peg Woffington)이 병에 걸려 무대에서 혼절하여 1주일 동안 공연을 중지하였고 다시 막을 열자 헨리 8세로 분한 밀워드(Milward)가 독감에 걸려 수주 후에 사망했다. 그때 패롤리스 역을 놓고 사이버(Theophilus Cibber)와 맥린(Charles Macklin)간에 험악한 쟁탈전이 벌어져 또다시 흥행이 중지되었다.. 다음은 유가족을 위로하기 위한 명목으로 공연을 했는데 그 공연은 성공을 거두었고, 패롤리스 역이 관객의 인기를 독점했다. 하여튼 불행한 사건이 연달아 일어났다 하여 「불행한 희극」이라는 별명이 붙게 되니 이는 『끝이 좋으면 다 좋아』의 저주라고나 할까. 이 희극을 관극한 챨스 1세가 이 극의 제목 옆에 「무슈 패롤리스」라고 썼던 것을 위시하여 17~18세기의 관객은 패롤리스에 가장 매료되었다. 그후 1746년 코벤트 가든에서 『끝이 좋으면 다 좋아』가 공연된지 1개월 후쯤에 버트람분의 배우가, 1년 후에는 라밧취분의 배우가 사망한다. 그러나 이때 셰익스피어 극의 광대로서 널리 알려진 채프만(Chapman)이 광대역을 맡았고, 해리 우드워드(Harry Woodward)가 패롤리스로 분해 관객들로부터 사랑을 받았었다. 헬레나 역은 프리차드 부인(Mrs. Prichard)이 연기했다. 우드워드는 패롤리스 역을 30년이나 도맡았다고 한다. 패롤리스로 해서 인기가 폭등한 『끝이 좋으면 다 좋아』를 17~18세기의 런던의 관객이 좋아했으니 자연히 패롤리스 중심으로 개작된 극이 무대에 올랐다. 그러니까 이전에 헬레나와 버트람을 중심으로 한 로맨틱 주제는 그림자가 엷어져 갔고, 이 시대는 코믹한 부 줄거리에 초점을 맞추는 시대로 각인되었다.

1793년, 이때의 주연배우는 존 필립 켐블(John Philiip Kemble)인데, 그는 셰익스피어 작에 약간의 개작을 가해 드루리 극장에서 흥행했다. 인내심이 강한 미덕이 넘치는 헬레나를 주인공으로 한 감상희극으로 만들었다는 이야기가 된다. 이 새로운 전통은 19세기까지 계속된다. 버트람에 켐블, 패롤리스에 킹(King), 헬레나에 조단 부인(Mrs. Jordan)이었다. 1794년에는 필립 켐블의 아들 찰스 켐블(Charles Kemble)이 연출하였는데 셰익스피어의 희곡이 아닌 개정판을 사용했다. 당시의 관객의 윤리관에 맞지 않는 부분이나 코믹한 부분을 제거하여 인내심이 강하고 미덕이 넘치는 헬레나를 주인공으로 한 감상희극으로 만든 것이다. 그가 세운 이 새로운 전통은 19세기까지 계속된다. 또 이 희극은 1832년 코벤트 가든에서 뮤지컬로 만들어져 상연되었다. 자연스럽게 셰익스피어의 다른 극의 대사에 멜로디를 붙인 노래를 삽입했고, 「한여름밤의 꿈」에서 힌트를 얻은 가면극도 등장했다고 한다. 그러나 아무리 로맨틱한 동화로 짜맞추었다 해도 이 극의 이야기는 19세기의 당시의 고상한 도덕기준에 맞춘 것은 아니었다. 1852년 9월 1일과 1895년에는 정통극으로서 이 희극을 상연했다. 이 상연은 당대의 관객의 취향에 맞춰 대사를 가위질한 것이었으며 제대로 셰익스피어의 원작으로 돌아간 것은 20세기에 들어가서였다.

17·18세기에는 코미디, 19세기에는 로맨스가 중심이었지만 20세기의 연출은 이 둘 사이의 균형을 회복했으니 1927년 버밍검 레퍼터리 극장 배리 잭슨(Barry Jackson)의 연출에서 의상은 현대복을 사용했다. 그때 패롤리스로 분한 로렌스 올리비에(Laurence Olivier)의 명연기가 버나드 쇼오(Bernard Shaw)를 즐겁게 했다 한다. 쇼오는 "패롤리스(올리비에 분)를 사랑스럽고 너무도 멋진 골치덩이 청년이다"라는 찬사까지 보냈었다. 현대복 차림의 또 한번의 공연은 1957년 온타리오의 스트라트포드와 1959년 스트라트포드의 셰익스피어 기념극장에서 공연되는데 그때의 연출은 타이론 거슬리(Tyron Guthrie)가 맡았으며 가장 찬란하고 균형잡힌 연출이 큰 화제를 야기시켰다. 이때 셰익스피어의 대본에서 광대의 대사는 삭제되었다. 거슬리는 이 작품의 색조를 파란색과 은색으로 고상하게 보여주며 당당한 모험과 로맨스에 가득 차며 전체의 인상으로서 과장되지 않게 은근히 작품으로 만들었다.

1981~82년에 와서 로열 셰익스피어 극장에서 트레

버 넌(Trevor Nunn)의 연출은 안톤 체호프(Anton Chekhov)를 연상케 하는 미묘한 음영을 보여 주었다. 이때 백작부인에 페기 아쉬크로프트(Pegy Ashcroft), 라후 경에 로버트 에디슨(Robert Eddison)이 열연했다.

1980년에 BBC가 제작한 일라이자 모신스키(Eliza Moshinsky)가 감독한 렘브란트(Rembrandt)의 회화를 보는 것 같은 느낌을 주는 예술적 화상(畵像)을 보여 주었으니 이는 조용하며 통일된 극세계는 텔레비전만이 갖는 "모든 것이 새로운 가능성"을 보여 주었다고 인식된다.

이 극은 시대적 상황에 따라서 도덕적 내용이나 주인공역에 변화를 주며 공연되어 왔으나 작품의 근원은 계속 셰익스피어의 작품의 위대성과 희곡의 오묘한 맛에 관해 공연자와 관객이 이를 즐겨왔다고 할 수 있다.